AF493056

El legado

Camila Winter

Published by Camila Winter, 2017.

This is a work of fiction. Similarities to real people, places, or events are entirely coincidental.

EL LEGADO

First edition. January 8, 2017.

Copyright © 2017 Camila Winter.

ISBN: 979-8224208821

Written by Camila Winter.

El legado

Camila Winter

©El legado-Camila Winter. Todos los derechos reservados. Prohibida su reproducción total o parcial sin el consentimiento de su autora. Novela de ficción. Todos los personajes y lugares en la presente son invención de su autora y no guardan semejanza alguna con personas o lugares reales. Novela original inédita. Nueva edición digital junio de 2018. Versión nueva íntegra. Novela registrada en safecreative.org

ÍNDICE GENERAL
TABLA DE CONTENIDOS

El legado
Camila Winter
Primera parte
El legado de Richmond house
Chandler

****

El testamento secreto
    Un encuentro inesperado
    Un carruaje espera
    Preciado capricho del corazón

El legado
Camila Winter

4

Devon año 1839

Primera parte

La muerte del caballero de Richmond house fue tan repentina como devastadora para su familia, los funerales para despedirle duraron días y del todo país llegaron parientes, amigos y también sus vecinos más cercanos para darle el último adiós.

Luego llegaron las cuentas sin pagar, las deudas del finado y otros menesteres que agobiaron rápidamente a su viuda y le hicieron comprender que su marido las había dejado en la ruina por su afición a coleccionar manuscritos raros y tener una actitud algo irresponsable con el dinero. Olvidaba pagar cuentas y pasaba mucho tiempo viajando por el extranjero en busca de esos libros viejos que tanto adoraba.

Su hija Evelyn sin embargo estaba demasiado agobiada por la pérdida de su padre para pensar en esos menesteres y por eso cuando se enteró por su padre del estado de sus finanzas se angustió.

Ese día lady Rose estaba picada por las facturas que se le acumulaban y algo más.

—Esos malditos abogados, ya están aquí—se quejó sacudiendo su cuerpo regordete casi por completo. La dama llevaba respetuoso luto, pero lo hacía con un vestido ajustado. No porque quisiera presumir sus encantos sino porque su modista le aconsejaba hacerlo para que su talle se viera más delgado. Si es que eso era posible.

—¿Y qué harás, mamá? —preguntó su hija.

—Es que no lo sé... bueno iré a ver qué me dicen esos abogados, espera aquí Evie.

En la sala aguardaban un grupo de abogados vestidos en tonos sombríos, pero llevando chaquetas de impecable corte que delataba un buen sastre londinense.

—Buenos días lady Gaveston, por favor perdone nuestra presencia aquí—dijo el más viejo.

Los otros saludaron muy atentos.

Pero la amabilidad duró poco cuando le hablaron de las deudas de su marido.

Uno de ellos, de pintorescos mostachos y traje gris a rayas se aclaró la garganta para decir:

—Me temo que deberá vender el castillo de Aberdeen en Cumbria, la que su difunto marido conservó hasta el final. Puede tener una cantidad importante si lo hace y deberá hacerlo antes de que los acreedores pretendan confiscar todo.

—¿Vender el castillo de Aberdeen? Jamás. No, no lo haré—declaró lady Rose agitada, indignada y furiosa al recibir tal sugerencia.

El hombre de leyes fue paciente, de baja estatura y pintorescos bigotes sus ojillos miraban un punto fijo sin rendirse. Fue muy claro cuando dijo que si no vendía esa propiedad llamada "el castillo de Aberdeen" uno de sus acreedores lo tomaría como parte de pago de la deuda. Y sabía que uno de ellos lo haría, pero no dijo palabra, esperaba que la señora Gaveston recapacitara cuando recuperara la sensatez.

—No venderé ese castillo, era el orgullo de mi esposo, el legado de su familia y, además, es la dote de mi pobre hija soltera Evelyn. No tendrá marido si vendo esa propiedad. ¿Es que no lo entiende?

Su hija Evelyn, que había permanecido escondida en un rincón se sonrojó y habló por primera vez.

—¿Y las propiedades de Londres, señor abogado? ¿Y la colección de pinturas y manuscritos de mi padre? Deben valer una fortuna pues él dijo que había gastado su herencia en esas piezas.

Lady Rose se disgustó al oír eso, nunca había compartido la pasión de su marido por esos libros viejos con olor a moho ni que Henry gastara tanto dinero en ellos por supuesto.

El abogado se sonrojó como le ocurría siempre que una dama hermosa lo contrariaba como en esos momentos.

—Señorita Evelyn, me temo que no sería suficiente, no alcanzaría para pagar las deudas. Su padre pidió dinero prestado hace años luego de la inundación de las praderas. Ese nefasto suceso menoscabó la fortuna familiar y luego no pagó todas las cuotas y esta propiedad puede ser confiscada y vendida, me lo han advertido sus acreedores. Además, hay otros asuntos que le he explicado a su madre y que...

Lady Rose no lo dejó continuar y estalló histérica:

—Es que no pude pedirme eso, esa propiedad es nuestro orgullo. No venderé Aberdeen, no lo haré, no importa lo que diga. Tengo una propiedad que me legó mi padre, es mi dote y podría considerarla.

Su hija la miró espantada sin ocultar el dolor que sentía no sólo por la pérdida de su padre, un hombre extraordinario, sino por la precaria situación en que las había dejado.

Era muy joven para casarse y, además, ningún caballero le había pedido matrimonio. Un año atrás todavía jugaba con sus primas al escondite cuando se reunían en navidad. Tenía diecinueve años y a pesar de que varias de sus amigas se habían casado ella no tenía prisa por hacerlo.

Su vida no había sido como la de sus hermanas casadas.

Cuando llegó el momento no hubo dinero para una presentación en Londres, ni para dar recepciones, su madre se lo dijo poco antes de cumplir los diecisiete. Pero ella no se apenó para nada, afortunadamente no se parecía en nada a sus hermanas que antes de cumplir los dieciséis ya planeaban su boda y hacían dibujos de vestidos elegantes y joyas y flirteaban con los jóvenes más guapos del condado cada vez que los veían en las reuniones de la vicaría o en la iglesia. Emily y Camille sólo pensaban en coquetear y peleaban por ser las más bellas, siempre había sido así y ambas se habían casado cuando ella cumplió los diez años y habían hecho excelentes matrimonios a pesar de que no siempre las notaba muy felices, no sabía por qué.

La voz de su madre la despertó de sus recuerdos. Tal vez era tiempo que dejara de soñar con el pasado y buscara una solución a sus problemas presentes.

—Debe haber otra manera, pedid más tiempo. Mi marido acaba de fallecer y necesito un hombre que me asesore con todo esto—declaró lady Rose con energía.

Lo más irónico es que la dama tenía frente a ella a los asesores en cuestión, pero se negaba a oír sus consejos de vender esa propiedad de Cumbria.

—Pedid un plazo, buscaré la forma de pagar. Venderé esos manuscritos, las pinturas y veré si acaso... Tal vez pueda encontrar un marido a mi hija para que me ayude a enfrentar esta situación. Me siento muy sola frente a las adversidades y les ruego que me deis tiempo.

Evelyn miró a su madre enfadada. ¿Un marido para ella que se hiciera cargo de las deudas de su padre? Pues no tenía en mente casarse para salvar a su familia como ocurría en esas novelas de folletín. ¿En qué estaba pensando su madre?

El abogado más alto y un poco más agraciado habló con voz fría.

—Hemos venido a ayudarla lady Gaveston y por eso le aconsejamos vender esa finca pues creemos firmemente que podría sacar una importante suma con ella y pagar así a los acreedores y disfrutar de una renta que le permitirá vivir dignamente y mantener esta casa. Es su única salida ahora. Afortunadamente tiene propiedades para vender.

La dama regordeta le dirigió una mirada azul fría y fulminante negándose a oír el resto del sermón. Hacía años que venía escuchando las amenazas de esos abogados, pero su marido jamás quiso vender el castillo de Aberdeen y no lo haría ella tampoco. Ese lugar era el emblema de su familia, un lugar magnífico y privilegiado que heredarían sus nietos y bisnietos.

—Pues me temo que no venderé Aberdeen. No lo haré, buscaré la ayuda de mi hermano, de mi cuñado. Pediré dinero prestado para pagar esos acreedores, pero no se quedarán con nuestro legado. Es el tesoro de mi familia, ¿comprende?

No, ellos no entendían ni podían entender nada. ¿Cómo podían hacerlo ese par de abogaduchos de Londres? Sólo pensaban en negocios, en el dinero, en repartir herencias y calmar a los insaciables acreedores, salvar herencias a cambio de vender tesoros. Dinero, qué asunto tan acuciante pero tan vulgar, ningún caballero que se preciara de tal hablaba demasiado del dinero. Era un tema tan poco delicado.

—Es una deuda considerable, hablamos de más de mil quinientas libras—dijo el abogado sin piedad—Y usted no tiene ese dinero ahora, la renta de su marido es apenas una tercera parte.

Seguían las malas noticias. Esos dos parecían confabulados en su contra y sabían todo, hasta a cuánto ascendía el dinero de su dote y de los bienes que su marido le había dejado. Un elogio a su manejo financiero que no fue bien considerado por la dama.

"Este par trama algo, seguramente habrá un malnacido que los convenció de todo esto y quiere el castillo de Aberdeen. Al abuelo de su marido hubo un sujeto extravagante que le ofreció un montón de dinero por comprarle el castillo de Cumbria, pero este se rió en su cara. "Está loco hombre, dijo". Y luego a su pobre marido también habían intentado tentarle con mucho dinero. Manga de buitres. No se fiaba nada de ese par, aunque su esposo dijera en vida que eran caballeros de honor. Pues ella desconfiaba, ahora que su pobre Henry ya no estaba y era una mujer sola con una hija casadera debía ser precavida.

Oh, ¿por qué el señor no le había dado al menos un hijo varón? Los hombres sabían manejar mucho mejor los números y defenderse de las argucias de esos abogados.

Pero sólo tenía ahora a su hijita Evelyn criada entre libros, tan inocente de las maldades del mundo, sin ver jamás el mal en nada y debía encontrarle un marido antes de que todo se derrumbara. ¡Y no lo conseguiría sin Aberdeen! Además ¿qué dirían sus vecinos y amigos si se enteraban de que estaba en la ruina? Si conservaba Aberdeen entonces podría salir adelante con al frente bien en alto.

—Me temo que no venderé Aberdeen—dijo Lady Rose—Pediré ayuda a mi hermano—declaró con mucha dignidad y firmeza.

Los abogados se miraron y lo aceptaron por supuesto. ¿Qué otra cosa podía hacer?

Pero antes de irse amenazaron con regresar en dos semanas para saber si la dama había logrado conseguir el préstamo en cuestión, si ocurría antes, le rogaron que les enviara un telegrama.

Cuando se marcharon de Richmond la dama suspiró aliviada. No podía creerlo.

—¡Oh, pero qué alivio! — murmuró.

Su hija no era tan optimista.

—Mamá, tío Edgard no te prestará el dinero, sabes que siempre ha sido muy tacaño.

Lady Rose le dirigió una mirada torva.

—Sí, tal vez sea un tacaño, pero no dejará a su hermana en la miseria, no será tan egoísta y desalmado—exclamó.

—Es mucho dinero, mamá. Pero podríamos vender los manuscritos y luego...

La dama puso fin a la discusión sobre la venta de las reliquias de su marido con una frase:

—Esos libros viejos que me hacen estornudar cuando me acerco no valen ni la mitad de lo que mi pobre Henry pagó por ellos, él adoraba esos libros y temo que si los vendemos sufrirá y nos enviará maldiciones desde el más allá. Lo hará. No. Esos libros se quedan dónde están. Tal vez luego venga a echarles una ojeada cuando se convierta en fantasma. Los libros eran su vida, su colección invaluable. Un legado para la posteridad. Me resisto a venderlos.

Los ojos azules de Evelyn se llenaron de lágrimas.

—Tienes razón mamá, padre amaba a sus libros y tardó años en reunir la colección. Libros raros con historias tan bonitas... él sufriría si lo hiciéramos.

Y tras decir esto se fue a la biblioteca para ver la colección maravillosa de manuscritos medievales que su padre había atesorado en vida. Es que estar allí era como verle de nuevo enfrascado en alguna lectura. Su vida habían sido los libros antiguos, crónicas de tiempos lejanos, de castillos, caballeros y princesas y el demonio acechando convertido en dragón, en vampiro o en otra criatura impía.

"El diablo tuvo muchas formas de llamarse y también de ser invocado en la antigüedad" le había dicho una vez.

Al parecer el demonio lo había fascinado y muchos de esos libros hablaban del diablo, de la esencia del mal y cuando ella cumplió ocho años su padre le permitió entrar en la biblioteca para guiarla en la lectura y cultivar así su mente con libros que le abrían la puerta a otros mundos.

Ninguna de sus hermanas había mostrado interés por sus tesoros, pero ella sí, la más pequeña díscola y traviesa había acompañado a su padre en su largo peregrinar en busca de nuevos manuscritos.

En una ocasión estuvieron en Picardía, al norte de Francia, en un ruinoso Chateau llamado Chateaubriand bleu. El castillo azul o algo así. Evelyn se sonrojó al recordar a su dueño: el marqués de Fontaine, ese caballero francés que la había tratado con tanta cortesía y oído con atención sus palabras cuando todos la ignoraban por ser una jovencita de catorce años.

La mirada oscura de ese hombre le había quitado el sueño durante años. Era joven, guapo y tenía una esposa enferma que jamás daba señales de vida pues vivía confinada en su habitación. Su padre le había dicho en confianza que en Francia los nobles se casaban sólo con las hijas de las familias nobles, que los matrimonios se concertaban cuando ambos eran chicuelos por una cuestión de intereses comunes y que ese marqués no sentía más que aversión hacia su esposa enferma y poco agraciada.

Ese caballero tenía un manuscrito que a su padre interesaba, pero no quiso vendérselo. Ni por todo el dinero del mundo. Pero sí permitió que leyera su contenido en presencia de su criado por supuesto. Era muy desconfiado.

Estuvieron una semana allí en Chateaubriand bleu y a pesar de ser una jovencita, Evelyn notó que ese joven marqués que no tenía más de veintidós años la miraba de una forma que la hacía ruborizarse.

Y su presencia le provocaba no sólo rubor intenso sino también palpitaciones y temblequeos. Ahora entendía que ese caballero francés estaba algo embobado por ella y que su padre al notarlo decidió poner fin cuanto antes a su estadía en Chateaubriand temiendo que tal vez ese hombre casado intentara llegar más lejos con su hija.

Diablos, su corazón aún latía acelerado al recordar a ese francés.

Con el tiempo, descubrió que los franceses eran seductores y enamoradizos y que las historias de amor en el trono de Francia superaban casi a las intrigas y asesinados. Románticos y siempre enamorados de alguna dama, eso había dicho un amigo de su padre y este dijo que tenía mucha razón así que Evie pensó que debía ser cierto.

Eso puso fin a la fantasía que había vivido en Chateaubriand bleu. Al parecer todo tenía una explicación lógica y que le dedicara esas atenciones no era algo especial ni personal. Pudo ser otra chica inglesa bonita, o francesa, pudo ser cualquier mujer que fuera del agrado del aristócrata.

"El amor romántico es una enfermedad Evelyn" le había dicho su padre luego de ese viaje. "Una enfermedad muy peligrosa. Procura mantenerte a salvo de ella porque luego dejarás de pensar con sensatez y un buen día comprenderás que el amor es un demonio tirano y egoísta".

—Pero ¿por qué dice eso padre? ¿Por qué el amor es una enfermedad peligrosa? —preguntó ella entonces entre espantada y sorprendida pues siempre había creído que el amor romántico era un sentimiento raro y hermoso que sólo llegaba una vez en la vida.

Su padre la miró con cierta tristeza.

—Es que el amor romántico no es el mismo amor que sientes por tus padres, por tus hermanos, por tu mejor amigo. Es otra clase de amor que a su vez se divide y se multiplica de la forma más perversa convirtiéndola en pasión, obsesión y en ocasiones: locura.

Cuanto más le explicaba su padre del amor romántico menos lo entendía.

—¿Se multiplica? —preguntó luego.

—Bueno, multiplicar no es la palabra, pero... es que no sabes si es el amor verdadero y profundo o una pasión enfermiza nacida de la carne—respondió su padre.

¿Nacida de la carne? ¿Qué demonios era eso?

Al ver su desconcierto su padre rio y la abrazó.

—Perdóname Evie, tienes sólo quince años, hay cosas que no puedes entender, eres una niña todavía. Lo que quiero decirte es que cuando seas una mujer no te fíes de un caballero que te llene de atenciones y te diga hermosa, eso no es amor. El amor profundo y el verdadero es incondicional lo demás es deseo simple y egoísta. Nada más.

Evelyn pensó que a pesar de tener diecinueve años ahora seguía sin comprender por qué su padre había querido advertirle sobre el amor romántico.

Y mientras recorría la biblioteca con el candelabro y encendía las otras lámparas para iluminar el resto de la habitación pensó en esos manuscritos que habían sido la obsesión de su padre, su tesoro más preciado. ¿Acaso no eran historias románticas de caballería del Medioevo que hablaban de la proeza de los caballeros para tener el corazón de una dama, su amor eterno las que tanto fascinaban a su padre?

Miró a su alrededor y no pudo evitar emocionarse al sentir el olor a libro viejo, estantes y estantes de libros apilados en el anaquel perfecto orden por temas, autores. Allí estaban los manuscritos que su padre había amado.

Secó sus lágrimas y se dejó caer en el sillón con brazos color borgoña que siempre usaba su padre y suspiró. Lo echaba de menos y todavía no podía creer que hubiera muerto así de repente de un ataque al corazón. La escena dantesca que encontró al entrar en la biblioteca ese día, su padre caído en el suelo agonizante agarrándose el pecho con una horrible expresión de dolor. ¿Por qué tuvo que morirse? Era tan bueno, buen esposo, buen padre... su única debilidad siempre habían sido los libros, pero eso no contaba para su madre. Pues eran inseparables. Un matrimonio por amor entre dos jóvenes que contaban poco más de veinte años. Al comienzo sus familias no aprobaban que se casaran tan jóvenes, pero él dijo que se iría a África a pelear con los leones si no lo dejaban casarse y sus padres recapitularon.

Ahora que lo pensaba se oía absurdo. ¿Por qué su padre habría querido ir a pelear a África con los leones? Pero al parecer sus padres tomaron muy en serio sus amenazas y a regañadientes aceptaron la boda.

Los recuerdos regresaron al día nefasto en que su padre sufrió el primer ataque. Ella gritó pidiendo ayuda y vio como el libro que había estado leyendo caía al piso y todo se desmoronaba a su alrededor.

El doctor Anderson dijo que su padre había pasado demasiado tiempo trabajando sin descanso, alimentándose mal y que eso había deteriorado su salud provocándole el ataque y la muerte, días después.

Evelyn se estremeció al ver el libro que había caído en el piso ese día y comprendió que había quedado cómo estaba como si los criados hubieran dejado todo cual estaba ese día sin tocar nada.

Lo tomó temblando con el deseo de descubrir cuál había sido el libro que su padre había estado leyendo los últimos días de su vida, pero no pudo entender gran cosa, estaba en francés. Como muchos de sus ejemplares más preciados. Al parecer los franceses habían conservado muchos manuscritos medievales en su lengua original de la que se sentían muy orgullosos por otra parte.

Su institutriz le había enseñado francés, pero como hacía tiempo que no practicaba ciertamente que se había olvidado y no logró entender las frases. En realidad, no parecía francés sino una lengua distinta. Una lengua que su padre al parecer entendía a la perfección pues había devorado más de la mitad del libro.

No, no era francés, era latín y ese libro era una especie de biblia, o al menos se parecía en cuanto a encuadernación y textura.

Estaba dividido en partes, en cantos y no pudo entender gran cosa hasta leyó el nombre del libro y tembló porque decía Art Diaboli junto a otras cosas.

Sabía bien qué era Diaboli porque había visto esa palabra en otros manuscritos, además la tapa tenía un dibujo de un demonio y no pudo evitar dejarlo caer de nuevo espantada.

No le agradaba cuando su padre mencionaba al diablo y nunca había entendido por qué lo había obsesionado tanto en vida. ¿Qué quería descubrir, qué lo intrigaba tanto del personaje más oscuro y malvado de la creación divina?

Evelyn sonrió pensando que su padre había sido un hombre extraordinario en muchos aspectos. Sus amistades más cercanas lo habían llamado erudito y durante muchos años presidió un club de investigación londinense y obtuvo premios, reconocimiento y hasta escribió varios artículos en un diario muy importante de forma honoraria. Su madre pensaba que debía cobrar por ello pues la sección de sir Henry Theodore Gaveston era la más leída del periódico en cuestión, pero su padre pensaba que era de muy mal gusto exigir una paga por compartir con los lectores conocimientos que no le pertenecían. Además, adoraba recibir cartas y comentarios de sus artículos y sentir que era capaz de derribar viejos mitos sobre la historia medieval. Porque decía que durante mucho tiempo se había creído a la Edad Media una época oscura de barbarie ignorando que los monjes y eruditos de ese tiempo habían contribuido a la ciencia de forma notable.

Para él era un pasatiempo muy agradable recibir cartas y se ponía como un niño ansioso esperando recibir todas las semanas en la bandeja de plata de manos del mayordomo más de veinte cartas provenientes no sólo de Londres sino todos los rincones del país.

Cuando el número de correspondencia creció tuvo que ayudar a su padre a responder las cartas, a clasificarlas. Era divertido. Evie se convirtió en la asistente personal de su padre erudito y siempre lo acompañaba a tertulias y charlas sobre historia y religión medieval.

Pero meses antes de morir su padre las cosas cambiaron como si él dejara de perder interés por todo. No respondía cartas, ni siquiera las abría y se apilaban en la bandeja de plata del comedor. También dejó de escribir artículos en el periódico una actividad que le encantaba.

Evie se estremeció al pensar que en los últimos meses de su vida su padre perdió interés por todo aquello que siempre lo había apasionado de una manera inexplicable, incomprensible. Se alejó de ella, y de su madre, de sus viejos amigos, pues pasaba el día entero en su biblioteca o realizaba misteriosas salidas sin avisar más que a su cochero. Descuidó su pasión, descuidó a su familia, a sus amigos y lo vio cambiado. Distante, atormentado y de mal carácter.

Él nunca había sido así. Dejó de ser él mismo. Algo debía angustiarle, algo lo atormentaba a tal punto que ese algo lo llevó a la muerte porque lo absorbió de tal manera que su mente y su corazón se detuvieron una vez y para siempre.

Tal vez allí debía estar la respuesta, en su biblioteca.

Evie odiaba no saber qué había angustiado tanto a su padre y mucho más no haberle prestado atención, pudo preguntarle, ayudarle.

Y mientras recorría la biblioteca en busca de pistas tomó de nuevo el libro con fijeza y lo tomó intrigada.

No debía tener miedo. Debía saber qué había en ese libro que absorbió tanto la atención de su padre en sus últimos días de vida. Allí debía estar la clave. Art Diaboli.

Tomó el libro y lo guardó, luego exasperada por sentirse rodeada de sombras y fantasmas se alejó.

Demasiados recuerdos, demasiada tristeza.

Debía ser fuerte si quería descubrir el misterio que rodeaba la muerte de su padre

****

Una mañana fue a visitar al vicario Thomas Williamson. Era uno de los amigos más cercanos de su padre a pesar de tener distintas creencias pues su padre no profesaba más religión que la eterna duda sobre la existencia de las divinidades.

Era un amigo de infancia y lo conocía más que nadie.

Su visita no lo sorprendió.

El vicario, ese hombre gordo y grandote tenía un carácter apacible y paciente muy parecido al de su padre.

—Evelyn, qué sorpresa. Siento mucho lo de tu padre ¿Cómo has estado? ¿Y vuestra madre?

Todos le preguntaban lo mismo. Luego le decían "siento mucho lo de tu padre".

Cada vez que oía eso se sentía atormentada.

¿Por qué todos le recordaban que su padre estaba muerto?

Era muy reciente y esas palabras de respeto y consuelo lo que hacían eran recordarle su dolor en vez de ayudarla.

—No se sencillo reverendo Thomas—le aseguró.

—Por supuesto que no lo es, lo entiendo. Ven, pasa Evelyn.

Conversaron en la sala principal y todo fue cordial y afable hasta que le mostró el libro.

Nada más enseñarle Art Diavoli la expresión del vicario Thomas cambió de forma radical.

—¿Cómo obtuviste este libro? —preguntó aturdido y espantado—Evelyn, no, no debes mostrarlo a nadie ni siquiera tocarlo.

Estaba reprendiéndola como si fuera una chiquilla.

—Era de mi padre, estaba leyéndolo antes de morir—replicó nerviosa.

El reverendo se puso pálido.

—¿Qué? ¿Quieres decir que Henry tenía este libro? —dijo incrédulo.

Evie asintió.

—Pero está escrito en latín, no sé qué significa. ¿De qué trata? —quiso saber la joven.

Thomson Williamson vaciló, dudó, y Evelyn pensó que no le diría nada.

—Por favor, necesito saber qué le pasó a mi padre señor Williamson, usted era su amigo más cercano y él cambió mucho esos últimos meses. Pasaba gran parte del tiempo en la biblioteca y algo lo atormentaba.

El reverendo demoró en responderle y de pronto dijo mirándole fijamente:

—Evelyn esto no te hará ningún bien. Debes hacer tu duelo y dejar de pensar que fueron los libros quienes de cierta forma ocasionaron su muerte. No fue así. Henry era algo descuidado con su salud y cuando comenzó a escribir artículos, a dar conferencias fue excesivo para él y se lo dije, pero no me escuchó. Era un apasionado del saber y siempre estaba investigando algo que lo intrigaba y que creía, cambiaría el saber de forma fundamental. Así fue siempre y eso no... No provocó su muerte.

—Pues yo creo lo contrario señor Thomas, estaba leyendo este libro cuando lo encontré la noche que tuvo el ataque al corazón, algo de lo que hay aquí le provocó un serio disgusto. Por favor, dígame de qué trata este libro porque lo averiguaré de todas formas.

—Evie no, no lo hagas.

—Pero usted sabe lo que dice aquí, ¿no es así?

El reverendo Thomas vaciló.

—Es un libro medieval de magia y hechicería, Evie. Pero no debes conservarlo, deberías quemarlo. No os traerá nada bueno y no sé cómo llegó a manos de Henry, realmente me asombra que...

—¿Un libro de hechicería? ¿Y por qué mi padre tendría un libro de esos?

Evie tuvo la sensación de que el reverendo le ocultaba algo.

—No es sólo de hechicería ¿verdad? Hay algo más. Por favor, debe decírmelo señor Williamson, usted era su amigo.

La expresión de sus ojos cambió.

—Tu padre era un erudito Evelyn, un obsesionado por saber y descubrir verdades teológicas sobre Dios y el demonio. Los ángeles y otras criaturas intangibles lo apasionaban. Pero sospecho que además de investigar él buscaba respuestas. Sin embargo, creo que no deberías tener ese libro, se me pone la piel de gallina de pensar que mi viejo y querido amigo leía libros como ese. No entiendo y estoy tan desconcertado como tú.

—¿Qué es este libro señor Thomson? Usted sabe latín, ¿qué hay en este ejemplar?

El antiguo amigo de su padre no quería ni tocar el libro. No deseaba hacerlo. Pero Evie tuvo la sensación de que conocía el contenido.

—Es un libro sobre rituales para invocar al demonio, hija. Un manuscrito raro y muy antiguo y sólo pensé que era una leyenda porque ignoraba que existiera un ejemplar. No debes leerlo, no lo hagas ni digas a nadie que lo tienes ¿sí? Es mi mejor consejo. Debes quemar esto porque si alguien sabe que vuestro padre lo tenía querrá tenerlo. Siempre hay personas que son tentadas y llevadas por el camino del mal.

Evelyn sintió un escalofrío horrible y se estremeció al pensar que su padre había estado leyendo un tratado de magia de cómo invocar al diablo, y de pronto recordó a ese marqués francés que comprendía bien su lengua, pero se negaba a pronunciarla y a esas amistades que frecuentaban Richmond y que su padre jamás le presentaba. Se escurrían como sombras hacia la biblioteca y aun a la distancia notaba que no tenían buen aspecto.

—No puede ser señor Thomas, mi padre creía en Dios y era un buen hombre, debe haber algún error en todo esto. Tal vez no era este el libro que leía y ...—dijo y su mente buscó desesperada una explicación mientras el reverendo pedía ayuda al comprender que la joven estaba sufriendo un ataque de nervios.

—No es verdad señor Thomson, no puede ser verdad—gritó entre lágrimas—Tal vez alguien lo dejó allí por descuido, uno de sus amigos...

La esposa del reverendo, la señora Maddy entró entonces para darle un vaso de coñac como le pedía su esposo.

—Bebe esto hija, te hará bien. Respira hondo—dijo.

Evie la miró aturdida pero no quiso beber coñac.

—Sólo agua por favor—pidió y su voz se quebró.

Nada de lo que dijera el señor Thomas y su esposa podían consolarla.

—Tal vez deberíamos llamar al doctor Anderson—dijeron.

—No... no es necesario. Quiero regresar a casa. Necesito saber si mi padre tiene más libros como este señor Thomson.

Evelyn se mantuvo firme al respecto y luego de beber el vaso de agua insistió en regresar a su casa.

—Querida, te noto muy nerviosa... deja ese libro, olvida ese triste asunto—insistió el reverendo.

—No... no puedo hacerlo, señor Williamson.

—Está bien, pero deja que te acompañe a tu casa querida. Pediré al cochero que nos lleve—intervino su esposa.

Evie aceptó mientras luchaba con la inmensa confusión que sentía. Una parte de ella se negaba a creer que su padre coleccionara libros relacionados con el demonio y que en algún momento abandonara sus creencias para...

No, era demasiado horrible y sin embargo recordaba que los últimos tiempos había cambiado y siempre la mantenía apartada de los libros, de su compañía. Salía con frecuencia, viajaba y estaba ausente durante semanas y al regresar ya no parecía el mismo. Había cambiado. El doctor dijo que en los últimos meses lo notó desmejorado, pilló un constipado y luego tardó mucho en recuperarse.

Se apeó al carruaje y observó ese día gris de otoño, mucho más triste sabiendo que su padre no estaba y que tal vez algo muy maligno había provocado su muerte.

El señor Thomas decidió acompañarla a pesar de que a ella le parecó una exageración usar el carruaje de la vicaría por unas pocas cuadras. Y permanecía sumida en sus pensamientos cuando escuchó al reverendo decir:

—Evie, ten cuidado. Deja ese asunto en paz. Devuelve el libro y escóndelo. No es prudente que investigues este asunto.

Ella lo miró sin decir nada y a pesar de que prometió hacerlo de forma mecánica cuando llegó a Richmond lo primero que hizo fue dejar su capa, guantes y gorro con la criada que la recibió en el inmenso hall y dirigirse a la biblioteca con el libro maligno apretado contra su cuerpo como si llevara una carga pesada, demasiado pesada para y ella y, sin embargo: pues estaba decidida a no rendirse.

****

La biblioteca de su padre era un laberinto eso pensó mientras contemplaba los volúmenes apilados por temas, por autores, todo perfectamente organizado. Había demasiados libros y no sabía qué buscar, podía pasar días, semanas, meses buscando la segunda parte de ese volumen impío, maligno. Tener ese libro en sus manos le provocaba un malestar espantoso, saber que era del demonio lo convertía en un libro poderoso que despertaba sus terrores infantiles más antiguos y escondidos.

Y allí estaban sus libros. Un mundo en el que había pasado mucho tiempo de su vida, tal vez demasiado. Manuscritos y tratados medievales de medicina, astrología, magia, ciencia... Y novelas de caballería. Roman de la Rose, Tristán e Iseo y otras historias algo tristes y macabras como el caballero de la carreta.

Pero no encontró ninguno que fuera de magia y demonología, por ejemplo. Pensó que podía estar toda una vida buscando y que tal vez el reverendo Thomas tuviera razón. No tenía sentido insistir. Quizá ese libro llegó a su padre como una rareza y quiso leerlo porque como a muchas personas saber cosas del demonio los fascinaba, su tía Lizzy había pasado la vida investigando y averiguando la forma de defenderse del diablo. Eso no era algo malo, ¿o sí? No debía inquietarla.

Había exagerado.

Observó el libro escondido en la repisa superior de la estante caoba y pensó que era un estorbo. ¿Debía quemarlo para que nadie supiera su existencia? ¿Sería peligroso si llegaba a manos equivocadas?

Lo tomó del estante y lo observó con ojo crítico. ¿Qué decía exactamente? ¿De qué trataba ese "Art diaboli"? ¿Era un libro de magia negra para invocar como había dicho el reverendo?

No... ese libro tenía ilustraciones y dibujos raros, como grabados del Medioevo y también había como oraciones. ¿Hechizos para conjurar al diablo? ¿Por qué su padre tendría tanto interés en conservarlo? ¿Qué planeaba o qué esperaba descubrir? ¿Qué rayos había en ese manuscrito que lo atrapó durante meses? Pues ese volumen de tapa ropa arabescos y el dibujo de una gárgola estuvo allí todo el tiempo.

Pues sería mejor que lo guardara en su habitación hasta que decidiera qué hacer.

Sólo esperaba no sufrir pesadillas como cuando era niña. Se dijo mientras lo guardaba cuidadosamente en una repisa lejana de su habitación. Pero cerca de allí vio el cuadro de Jesús y rezó en silencio pidiéndole protección y luz en todo ese triste asunto.

"Ayúdame a descubrir la verdad oh Jesús, ayúdame a saber qué pasó ese día" murmuró.

****

Mientras Evelyn seguía hurgando como un hurón en la biblioteca, lady Rose tenía una delicada conversación con su hermano Edward.

Él la recibió en su mansión campestre llamada Rossen y se mostró muy conmovido y hasta indignado con su actual situación económica.

—Cuánta desconsideración. Esos abogados... realmente no tienen modales. Debieron hablar conmigo—dijo de pronto con la expresión más horrorizada de la que fue capaz.

Rose se dejó caer en una poltrona y puso cara de sufrimiento.

—Ay Edward, ni te imaginas lo que he sufrido. Me siento perdida sin Henry y no comprendo cómo ha pasado todo esto.

Lord Edward la escuchó y consoló todo lo que pudo.

Como heredero de Eastwood el noveno marqués de Wilton gozaba de una holgada y ventajosa posición, sin embargo, cuando supo de las deudas de su cuñado con sus acreedores lanzó el grito en el cielo. ¡Qué hombre tan desconsiderado y manirroto! Pensó para sí.

—Pero es una deuda terrible, Rose. ¿Cómo harás para pagarla? —preguntó luego con cautela.

—Es que no lo sé, mi querido Edward, realmente no tengo ese dinero y pensé que tú... podrías prestarme una parte.

Ahora su hermano mayor la miraba francamente horrorizado. ¿Prestarle esa fortuna?

—Pero yo no tengo tanto dinero, Rosie, ¿cómo crees? Es imposible. Tengo rentas y también obligaciones, debo pagar a mis acreedores—dijo con cautela.

Rose lo miró espantada. ¿Y ahora a quién iba a pedirle dinero? Su hermano era el más pudiente de su familia, tenía un tío sí, pero era un tacaño del infierno y jamás se humillaría para pedirle, además...

—Lo lamento mucho Rosie, pero creo que en tu situación deberías vender ese caserío viejo del norte o alguna propiedad de las que recibiste cuando murió nuestra abuela. Creo que deberías arriesgarte a vender.

—¿Hablas de vender el castillo de Aberdeen? —su hermana estaba furiosa y se preguntaba cómo su hermano podía ser tan insensible y tacaño. Se había casado dos veces con dos mujeres muy adineradas, ambas le habían aportado una dote considerable y hasta se había convertido en socio de una fábrica de su suegro actual en Londres. ¡No podía decir que no tenía unos pocos miles de libras para prestarle!

—Rosie, no es un castillo, es un caserío viejo llamado Aberdeen. Esa propiedad podría salvarte de la miseria—dijo él.

—¿Y cómo podré encontrarle un marido a la pobre Evie sin Aberdeen? Esa casa es su dote Edward y si la vendo ahora la pobrecita será condenada a quedarse soltera el resto de su vida.

El caballero consideró esa posibilidad.

—Entonces casa primero a Evelyn y luego pídele prestado el dinero a tu yerno. Estoy seguro de que si la llevas a Londres encontrará un marido acaudalado y todos tus problemas se solucionarán.

—¿Y crees que eso ocurrirá tan rápido?

—Evie es muy bella, muy angelical, no dudo en que enamorará enseguida al primer caballero ansioso de encontrar una esposa. El otro día escuché al hijo de Lord Andrews decir en una conversación que mi sobrina Evie era una joven de extraordinaria belleza y encanto.

—¿De veras? —preguntó la dama con inesperado interés.

—Y ese joven es un buen partido, si Evelyn no fuera tan tímida... Habla con tu hija, Rosie, creo que debería poder vencer su timidez. Debes decirle que deje de ser tan tímida o se convertirá en una solterona.

Ahora lady Rose había vuelto a enfurecerse, ese hermano además de tacaño era un engreído. ¿Cómo se atrevía a decir eso de Evie?

—Es que Evie no es una coqueta—bufó. Iba a agregar, una coqueta como tu hija menor Beth, que no hace más que flirtear con todos los jóvenes guapos del condado.

—Por supuesto. Evelyn es un ángel. Pero a veces los ángeles se quedan para vestir santos y eso no será bueno ni para ella ni para ti hermana. Necesitas encontrarle un marido a Evie. Te ayudaré, lo prometo. Déjalo por mi cuenta. Daré una recepción el próximo viernes para Elizabeth y convéncela de que asista. Podremos observar qué caballero está interesado sinceramente en ella, sospecho que tendrá muchos pretendientes adecuados en el condado para escoger.

La oferta no estaba mal, era casi tentadora excepto por un detalle: que ella no tenía tanto tiempo para planificar una boda ventajosa.

—Los abogados me dieron dos semanas de plazo para tomar una decisión, dos semanas es muy poco para planear una boda, Edward.

—Dos semanas no es nada Rosie, esos abogados son muy desconsiderados. ¿Cómo se llaman?

—Louis Chapter y Edmund Wilt, de Chapter & Wilt asociados. Eran los abogados de mi difunto Henry.

—Pues no han tenido ninguna consideración contigo Rosie, realmente pudieron darte más tiempo. Dos semanas... ¿qué podrás resolver en dos semanas? No podrás juntar todo ese dinero ni, aunque vendieras Aberdeen. Pide una prórroga. Pero escucha... prometo que hablaré con mis amigos si... Sabes que luego del incidente que sufrió mi sobrina política...

Rosie parpadeó inquieta.

No le gustaba ni acordarse de ese pequeño escándalo cuando la sobrina política de su hermano confesó a su madre que estaba esperando un hijo y que su seductor se había fugado del condado. Edward fue el encargado de encontrarle un marido urgente a su sobrina. Y lo consiguió con mucha discreción.

—¿Quieres decir que buscarás un marido urgente a mi hija? No... no deseo que piensen que...

—Rosie por favor, despierta, tu situación es muy delicada y la de mi querida sobrina también. Hay muchos caballeros en Londres que buscan esposa con cierta premura. Son hombres solitarios que quedaron viudos o que han decidido poner fin a su soltería y formar una familia. Para ellos Evie sería más que un sueño hecho realidad. La esposa adecuada: bella, distinguida, de excelente familia y de intachable reputación.

—No hay tanta prisa para eso, Edward.

—Me temo que sí la hay, querida. Es mejor que mi sobrina encuentre un marido que cuide de ella, sabes que es muy tímida y siempre se aleja de los jóvenes. Es imposible que se acerquen, que le hablen si se muestra tan reacia, interpretan su timidez como rechazo o falta de interés y en el juego del amor y la seducción, mostrar un poco de atención al menos, una mirada es muy importante. Los jóvenes son muy inseguros y vanidosos, no soportan verse ignorados.

—Es que creo que Evie no está lista para casarse, Edward.

Esa respuesta exasperó a su hermano, pero se contuvo.

—¿Por qué lo dices?

—Es que ella no... está madura para convertirse en esposa y luego en madre, sería precipitado casarla sólo para salvar a nuestra familia.

—Pues temo que has descuidado su educación, la has consentido demasiado, Rosie, la criaste para quedarse en casa cuidando a sus padres y eso no fue apropiado.

—Eso no es verdad.

—Pues entonces habla con Evie, dile que debe casarse, aunque la idea no le resulte del todo atractiva. ¿Quién cuidará de ella ahora sin su padre, Rose? ¿Es que no lo has pensado?

—Por supuesto que sí, no dejo de pensar en esto día y noche desde que el pobre Henry murió.

Edward fue amigo de Henry cuando jóvenes, fueron juntos a Cambridge, estudiaron leyes un tiempo y luego ambos siguieron caminos separados. Un verano Edward fue a visitarlos a Richmond y se enamoró locamente de su hermana menor Rosie. Para él esa boda siempre fue una locura. Henry tenía la personalidad de un solterón, ya de joven coleccionaba libros viejos y raros, sellos postales y otras cosas inútiles, pasaba gran parte del tiempo en esa labor y luego practicaba deportes, iba al exclusivo club Delain y... era demasiado intelectual para la inquieta e infantil Rosie. Por eso su hermana siguió siendo la consentida de la familia pues su marido no tenía carácter y parecía más su amigo que su esposo y allí estaba el desenlace de esa unión errónea: morirse a los cincuenta y ocho años dejando un montón de deudas y una hija de diecinueve años que debió estar casada al cumplir los dieciocho.

Ahora su hermanita consentida decía que no sabía qué hacer y le pedía ayuda.

—No es tan fácil Edward, ella es algo testaruda y no me escuchará. En cuanto le hable del matrimonio se encerrará en su cuarto y...—terció ella.

Al oír eso Edward sintió que explotaba.

—Si se encierra en su cuarto déjala sin cenar, haz algo con tu consentida hija de una vez. ¿Cómo esperas que tenga un esposo si no le enseñas a comportarse? Debe aprender a obedecer porque luego su marido se volverá loco al entender que se ha casado con una niña a la que debe disciplinar. Que obedezca a su marido por lo menos y que entienda que dependerá de él para todo por el resto de su vida. No puedes permitir que se quede soltera por timidez, le harás un gran daño porque tú no vas a durarle toda la vida.

Lady Rose pensó que había escuchado demasiado y decidió poner fin al sermón de su hermano mayor.

Y como toda dama educada respondió:

—Querido, debo regresar a casa, no deseo preocupar a Evie. Tomaré en cuenta tus consejos, pero te ruego que no consigas un marido para mi hija con tanto apremio.

—Lo haré por Evie y por ti, no permitiré que los acreedores te dejen sin nada. Y no te preocupes, en menos de dos semanas conseguiré un esposo para mi sobrina.

No esperaba que cumpliera sus promesas, pero luego comprendió que si lo hacía era para no pagar sus deudas. ¡Dios del cielo! ¿Cómo es que había en ese mundo un ser tan tacaño? Era su hermana menor, la única mujer, y se sentía tan desamparada, tan sola en la desgracia. Había esperado que al menos le prestara una parte del dinero, pero no quiso insistir al ver que se ponía tenso y estiraba el cuello como un gallo. Alerta, soberbio y nada dispuesto a ayudarla.

Así era a veces. Quiénes más tenían menos ayudaban a los demás, aunque estos fueran de su propia sangre.

Abandonó la mansión campestre de Rossen y regresó a Richmond con lágrimas en los ojos preguntándose a quién más podría pedirle ayuda ahora.

****

Evie estaba furiosa y no hacía más que permanecer silenciosa durante la travesía sin dirigirle la palabra a su madre mientras esta hablaba como una hurraca parlanchina todo el tiempo.

—Mami, sabes que odio las fiestas y también odio que intentes buscarme un marido aceptable. Además, debo respetar el luto y me has obligado a usar un vestido azul—dijo de pronto para desahogarse.

Lady Rose miró a su hija con pena.

—Lo sé Evie, sé cuánto odias eso, pero vuestro padre entenderá además os aseguro que no se trata de una fiesta, es una reunión social muy íntima en casa de tu tío.

Los ojos topacio de Evelyn se mostraron alarmados.

—No estoy de ánimo para reuniones sociales, me sentiré incómoda y me pondré a llorar cuando alguien comience a tocar el piano. Tú no me dejas llorar a mi padre y parece que ya quieres festejar mi boda.

—No estoy planeando tu boda Evie, tranquilízate, pero te hará bien salir. Pasas el día entero en la biblioteca, vas a debilitarte de tanto leer. El médico Alain lo dijo la última vez y...

—No voy a debilitarme, necesito leer y distraerme—respondió ella evasiva.

—Pues creo que te hará bien conversar con tus primas y ver personas y no sólo libros. Salir un poco de Richmond. El luto lo llevaremos siempre en el corazón y no necesitamos vestir de negro para eso.

—Pero tú sí llevas luto.

—Yo soy su esposa, estoy obligada a llevar luto un año, pero tú...

Evie no replicó, estaba demasiado molesta para eso.

No tenía mucha amistad con sus primas ni con sus hermanas quienes luego de asistir al funeral de su padre se quedaron sólo tres días en Richmond y luego se fueron como si las persiguiera el diablo. Su madre estaba muy triste y necesitaba la compañía de sus hijas, ¿por Emily y Camile eran tan egoístas? ¿Por qué tenían que obedecer a sus maridos y quedarse encerradas, estar siempre encinta y no podían quedarse un tiempo en Richmond house? No podía entender tanta sumisión y que hubiera manuales de la perfecta esposa dónde una mujer casada explicaba a una chica en edad casadera cómo serían las cosas cuando se convirtiera en la señora de un caballero.

Y su madre planeaba casarla con uno de esos arrogantes lores del condado para que su vida fuera un martirio.

Evelyn era tímida, pero esa no era la razón porque huía de los flirteos. No tenía interés en conversar con nadie ni en que le presentaran a uno de esos caballeros viudos que buscaban esposa con desesperación, huía de ellos como de la peste como de otros que sólo querían robarle un beso en la oscuridad como habían intentado una vez en la boda de su hermana Camille. Algunos mozalbetes eran atrevidos, especialmente en los jardines, con algunas copas de oporto y con la oscuridad encubriendo sus malas intenciones.

Observó nerviosa a su alrededor poniendo su mejor cara de espanto y timidez para que ninguno de los posibles candidatos insistiera en ser presentados.

Evelyn entró y saludó a sus familiares y tuvo que soportar más saludos de duelo de algunos amigos de sus tíos.

De pronto notó que su tío hablaba con un caballero que estaba solo y luego, poco después los presentaba. No pudo evitar ruborizarse al sentir la mirada intensa que le dedicó el caballero de unos veinticinco años, alto de cabello castaño y mirada profunda. Bueno, era atractivo, pero lo era porque se parecía a ese francés que había conocido cuando tenía quince años. Ese parecido alcanzó para turbarla, aunque no se parecían en personalidad. Sir Raymond Chandler, recientemente viudo era típicamente inglés: frío, controlado y de pocas palabras.

Luego de media hora conversando con ese caballero, Evie sintió deseos de correr al comprender que tal vez fuera uno de esos hombres desesperados en busca de una señorita casadera de buena familia dispuesto a casarse con ellos.

—Disculpe, debo saludar a mi prima—dijo para escapar.

Siempre lo hacía y le daba resultado. Luego se escabullía y procuraba mantenerse apartada de ese que intentaba darle conversación.

Pero su tío Edward descubrió su treta y la miró disgustado. Vaya, ¿así que ahora su tío quería encontrarle un marido a la fuerza como hizo con su sobrina política por cometer una imprudencia? Se preguntó la joven. ¡Pues ella no necesitaba un esposo ahora!

Se alejaba del salón cuando su madre se le acercó.

—Evie, ¿a dónde vas? No puedes irte así y dejar al caballero plantado—dijo con expresión ceñuda.

Jamás imaginó que su madre la reprendería por tal nimiedad.

—Es que tengo calor y necesito ir al tocador—dijo con expresión desesperada.

—Por favor, no lo hagas de nuevo ¿sí? Ahora sí es necesario—insistió su madre.

—Pero ¿de qué hablas mami?

Lady Rose jamás lo diría abiertamente en un lugar público, pero esperaba que su hija lo entendiera de todas formas. Apretó los labios sin decir nada más y luego se alejó.

Allí estaba de nuevo su madre casamentera pensando que si no lograba pescar un marido antes de los veinte años sería una solterona. ¡Qué exagerada! ¿Cómo iba a estar coqueteando con algún caballero si estaba de luto por su padre y cosas más importantes la agobiaban en esos momentos? Estar allí era una dolorosa pérdida de tiempo. Además, nadie le prestaba atención.

La joven se alejó y procuró hacer tiempo dando vueltas por las habitaciones de la mansión, observando el decorado y los retratos. Cualquier excusa era buena para demorarse y permanecer lejos de su nuevo pretendiente.

Hasta que de repente vio a una pareja de enamorados besándose de forma muy apasionada en una de las habitaciones y tembló.

Vaya, ¡qué atrevidos! Pensó y la visión de la pareja tan apretada la atrajo como un imán. Conocía ese vestido color malva de terciopelo y encajes, era hermoso y el cabello rubio con esas flores en el cabello... Era su prima Elizabeth, no podía creerlo. Y el joven que la acompañaba... pues no lo conocía, pero era muy osado y atrevido, como su prima por supuesto.

Regresó al salón ruborizada en busca de su madre, quería irse por supuesto pero su tío estaba esperándola en compañía de ese nuevo pretendiente: el caballero guapo y viudo que necesitaba desesperadamente una esposa. No escaparía tan rápido como planeaba, habría sido muy descortés ignorar que él quería conversar con ella.

Luego tuvo que oír a su madre decir que al parecer el caballero Raymond Chandler había quedado muy impresionado por su belleza y deseaba visitarla de nuevo.

Hablaba sin parar la mañana siguiente durante el desayuno.

—Es lo que te decía hijita, que cuando apareciera un hombre sensato se enamoraría de ti nada más conocerte. Un caballero riquísimo y apuesto, ¿verdad que lo es? —quiso saber.

Como ella no dijo nada al respecto lady Rose se engulló otro panecillo de crema para calmar los nervios.

Sólo para perderlos media hora después, cuando Evie dijo con total decisión que no pensaba casarse.

—¿Qué has dicho? —clamó desesperada.

—Sé lo que planeas mami, tío Edward y tú quieren casarme con ese caballero y ciertamente me parece una locura.

—¿Una locura?

—Sí lo es. Buscarme un marido para resolver todos los problemas de la familia. Nunca antes habías llegado tan lejos, madre.

—Es que lo hago por ti. Por tu futuro. ¿Qué va a ser de ti Evie sin marido, sin tu padre? Sólo nos ha dejado esta casa, Aberdeen y un montón de cuentas que pagar. Debes entenderlo y dejar de ser tan tímida. Creo que el señor Chandler sería un buen marido. Tu tío asegura que es un caballero de excelentes modales y de muy buena familia. No hay escándalos ni tampoco nada que sea una sombra en su honor.

—Mami, lo conocí ayer, ¿cómo crees que él quiera siquiera considerarme una esposa adecuada? Estás exagerando como siempre lo haces. ¿Dices que se ha enamorado en una noche y que hoy vendrá a pedir mi mano? Oh por Dios, no puedes creer eso.

Su hija tenía razón. Mejor sería ir con cautela. Si el enamoramiento del caballero y nadie se lo dijo: ella lo vio con sus ojos, era verdadero, entonces en un tiempo razonable tal vez pidiera su mano.

—Está bien, sólo te pido que no lo arruines toda esta vez hijita, te lo ruego. Por favor. Piensa en tu pobre madre cuando tengas el impulso de darle de calabazas al pobre señor Chandler. Sé que vendrá a visitarte, lo intuyo y sabes que tu madre es bruja y presiente las cosas.

Evie sonrió tentada.

—Ay mami, es que no quiero desilusionarte, pero temo que mi personalidad espanta a los pretendientes más enamorados. Siempre ha sido así. Creo que no soy lo que ellos esperan encontrar en una esposa. Soy como dijo alguien una vez: un ángel de hielo—rio al recordar el comentario de cierto joven en la iglesia al compararla con sus hermanas mayores Emily y Camille. "La más coqueta es la mayor (Emily), la del medio es apenas bonita pero la menor es realmente un ángel, pero todos saben que es fría como el hielo". Vaya comentario mordaz, hiriente y certero.

—¡Tonterías! —insistió lady Rose—Nadie dirá que eres de hielo si dejas de tenerle tanto miedo a los hombres, Evie.

Su hija la miró con expresión extraña.

—Papá y tú me decían que debía ser cautelosa porque había muchos seductores que enamoraban a las jovencitas. Él decía que el amor romántico era algo enfermizo e inestable, condenado a perecer como tantas otras cosas de este mundo.

Ahora su madre la miraba espantada.

—¿Henry dijo eso?

—Sí, lo dijo mamá. ¿No lo sabías?

Su madre se emocionó hasta las lágrimas.

—Es que él temía que te pasara como a la sobrina de mi hermano Edward, una chica inocente y tierna seducida por un sinvergüenza. Temía eso. Pero lo que dijo no es verdad. Amé a tu padre desde el primer momento en que lo vi, fue instantáneo y tan fuerte que nunca más me aparté de su lado y rechacé otros pretendientes para ser su esposa.

—Bueno, papá también decía que el amor era un embrujo, una habilidad de seducción muy peligrosa, me pregunto por qué decía eso si él era un esposo tan bueno y apasionado—respondió Evie pensativa.

Su madre guardó silencio. La afectaba hablar de su esposo, la pérdida era muy reciente y todavía lo echaba mucho de menos.

Evie la vio marcharse preguntándose si acaso ella también habría notado el cambio en su padre los meses antes de morir y qué pensaría sobre ello. Habían estado siempre tan unidos, pero algo había pasado antes de su muerte, algo que deseaba averiguar y que sabía debía estar escondido en algún lugar de la biblioteca.

Chandler

Días después, el señor Chandler les hizo una breve visita con la excusa de que estaba de paso por el condado y deseaba saludarlas.

Su madre estaba radiante por su presencia, parecía ella la joven dispuesta a casarse con él.

Evie en cambio se mostró fría y reservada pese a los consejos de su madre.

Bueno apenas le conocía, además no creía que fuera sensato mostrar tanto interés.

Fue acertado pues días después el caballero regresó y se quedó a tomar el té junto a otros invitados inesperados.

Ese fue el comienzo de la amistad.

Evie sospechaba que esa amistad no era una buena idea. Sin embargo, debía reconocer que el caballero Raymond Chandler era muy agradable y atento, y tenía mucha más inteligencia y aplomo que los jóvenes que solían acercarse a ella.

Para empezar, era un apasionado del arte, de la música y la literatura, podía pasar horas hablando de todos los libros que había leído y compartir con total honestidad sus pensamientos y opiniones sin temor a nada.

Un día dijo que William Blake era un poeta oscuro y encantador como Lord Byron era el eterno atormentado, Poe había sido un genio y no pensaba que la monarquía regresara a Francia ni que fuera derrocada algún día en su país.

Era muy estimulante oírle hablar porque era un erudito y Evie podía compartir con él sus conocimientos o simplemente escucharle hablar de aquello de lo que no tenía ni idea.

Sus visitas se hicieron constantes, pero no tan frecuentes como hubiera deseado su madre.

En ningún momento intentó besarla o hablarle de sus sentimientos y eso fue una bendición para Evie, pues de haber ocurrido lo contrario habría tenido que rechazarle y no deseaba herirle.

Pero los planes casamenteros de su madre iban viento en popa. Ella se imaginaba el repique de las campanas de nuestra boda y Evie se preguntaba si no sería mejor escoger un hombre con aplomo e inteligente y no uno joven e inexperto. Tal vez se estaba acercando a sir Raymond como nunca antes se había acercado a un hombre. Pero no era más que una incipiente amistad. Un tibio afecto que estaba naciendo y que necesitaba un poco de tiempo para crecer o perecer.

Evie no se sentía segura de que se caballero tuviera interés en ella al punto de querer pedirle matrimonio, tal vez sólo la estaba estudiando y evaluando como su posible esposa. Era un caballero frío y educado, muy culto y ella le agradecía esa distancia.

Sin darse cuenta, la joven empezaba a esperar sus visitas con ansiedad. Le agradaba sir Raymond y sentía que a su lado estaba completamente a salvo de la pasión romántica que su padre había mencionado una vez. Sin sobresaltos, sin dolor, sin locuras tal vez el afecto de un amigo fuera mucho más deseable que el enamoramiento absorbente y violento.

Evelyn comenzó a comprender que a pesar de las locuras que inventaba su madre algún día debería casarse. Aunque la idea no le agradara del todo. Y al parecer no todos los maridos eran tan malvados como sus cuñados, Raymond creía que las mujeres debían votar y también que su labor en el hogar era mucho más importante que el cumplían los hombres en el trabajo, ¿pues había algo más sagrado y bello que traer niños al mundo y criarlos con amor, enseñándole los valores morales más importantes? Además, en silencio, las mujeres contribuían ayudando a enfermos y necesitados, merecían tener un mejor lugar y también ser tenidas en cuenta. Él pensaba apoyar el voto femenino pese a que sus amigos se oponían.

Era un hombre de firmes convicciones y Evie se sintió hechizada al oírle hablar así. En realidad, no tenía mucha idea de cómo pensaban los hombres de ese tiempo, los intelectuales que conoció durante las tertulias en compañía de su padre parecían más interesados por temas distintos, política, religión, ninguno mencionó jamás que la mujer tenía derecho al voto.

No tenía amigos hombres, no era bien visto y además los pocos jóvenes que se le acercaron una vez para conversar tenían intenciones poco honestas. Robarle algún beso o tocarla, eran unos desgraciados. Seductores baratos del condado.

Era edificante encontrar a un hombre que pensara distinto y que se comportara como un caballero. Como su amigo.

—Señorita Evie, he sabido que su padre tenía una de las bibliotecas más completas del país—dijo en una ocasión mientras tomaban té con unas amigas de su madre.

Ella lo miró con fijeza y palideció un poco.

—Así es... mi padre era un coleccionista.

Lady Rose intervino.

—Oh, por favor señor Chandler, debe conocer la biblioteca de mi esposo, le ruego que la vea, es simplemente magnífica—dijo y mirando a su hija con expresión retadora agregó: —Ve querida, enséñale la colección de raros manuscritos.

Evie miró a su madre ceñuda pero no pudo negarse, todos la miraban y también sir Raymond.

—Sígame, por aquí—dijo con un hilo de voz.

Él la siguió a una prudente distancia.

La biblioteca de su padre era un santuario familiar, su refugio, suyo y de nadie más. No quería compartirlo con nadie. Pero su madre la había puesto en evidencia y no podía hacer nada.

Cuando el caballero vio la cantidad de volúmenes se sintió deslumbrado y comenzó a recorrerla, a preguntar y Evie tembló al pensar que pudiera encontrar algún libro sobre el demonio que ella hubiera pasado por alto. Esa era su única preocupación. Estaba temblando ante la posibilidad de que ese caballero encontrara algo non santo en la estantería y descubriera la rara afición de su padre pues sus ojos grises escudriñaron aquí y allá con fijeza mientras sus manos tomaban algún ejemplar un instante.

—Es maravillosa—dijo de pronto—Esta colección de manuscritos es única. Todos ordenados de forma cronológica—comentó y tocó un volumen y vaciló. —¿Puedo tomar este libro para verlo, señorita Gaveston? —preguntó.

—Sí, por supuesto—le respondió ella.

Era un breviario medieval.

—Esto es una reliquia, debe valer una fortuna... Señorita Evelyn, debería usted guardar todo esto bajo llave. Son libros muy raros y valiosos.

—Oh, descuide, siempre cierro la biblioteca con llave, lord Raymond. Nadie entra aquí, sólo yo a veces.

Él la miró con franca admiración.

—Usted ama los libros, ¿no es así señorita? Sabe, es extraño encontrar a una dama que sienta tanta devoción por leer y cuide tan bien los libros. Temo que ahora todas las jóvenes que he tenido la fortuna de conocer parecen más preocupadas por la música y los bordados. Pero usted es distinta.

Evie sintió un cosquilleo intenso al oír esas palabras y se sonrojó.

—Es verdad, pero yo siempre viví entre libros, mi padre me contaba historias desde que era una niña y solía acompañarle a las tertulias y a las conferencias—dijo apretando sus manos nerviosas.

Él notó ese gesto y permaneció pensativo mirándola con fijeza.

—Lo lamento mucho, ha de echarle mucho de menos. Lo siento, no debí mencionar eso, perdóneme—le confesó.

—Oh descuide no... es como si estuviera aquí, entre los libros y quisiera decirme algo—dijo sin pensar.

—¿Siente su presencia aquí?

Ella asintió despacio.

—No se lo he dicho a nadie, pero, sí, es que siento que está aquí. Su vida, su pasión eran los libros, en el último tiempo...

Al ver que quedaba muy afectada el caballero tomó su mano y le rogó que tomara asiento.

—Tal vez no debí traerla aquí, no pensé que fuera triste para usted señorita, lo habría evitado.

—No se preocupe por favor, libros que hay aquí despiertan el interés y la curiosidad de nuestros visitantes.

Él sonrió levemente y luego algo llamó su atención. Más allá, en la repisa de ébano algo hizo que se levantara y se acercara.

—No puede ser—murmuró.

Evie vio que tomaba un libro de tapas rojas y luego otro y los observaba uno a uno sorprendido y asustado.

—¿Qué sucede, señor Chandler? —preguntó la joven inquieta desde el cómodo sillón de dos brazos. No se atrevía a moverse porque casi conocía la respuesta.

—No es nada, sólo que encontré una colección de libros muy raros y estoy sorprendido.

Evelyn notó algo extraño en la voz del caballero, cierta incomodidad que llamó su atención y avergonzada saltó del sillón y se acercó para ver con sus ojos que allí estaba, escondida en un rincón la colección completa del tratado de magia y hechicería Art diaboli, los cinco volúmenes restantes; el primero lo tenía ella escondido, que con tanto desvelo y preocupación había buscado.

—No se inquiete, es que no creí que existieran ejemplares de magia medieval—dijo el caballero y tomó un ejemplar observándolo con curiosidad.

Notó como su rostro siempre amable y sonriente palidecía y en sus labios se dibujaba una mueca de horror y disgusto. ¿O de rabia? Eso sentía al ver con sus ojos la historia de magia para invocar demonios con diversos rituales, la antología que al parecer describía todo sobre el eterno enemigo. Allí estaba la antología completa, la había encontrado su amigo Chandler.

Y de pronto el caballero habló mirándola fijamente:

—Señorita Gaveston, lamento decirle esto, pero creo no es prudente que conserve estos libros aquí. Tiemblo de pensar que pudieran llegar a manos equivocadas, que alguien pudiera leer esto y luego...

—Eran de mi padre señor Chandler, coleccionó estos libros toda su vida y ahora... me niego a venderlos como sugirió un pariente de mi madre—replicó ella algo acalorada e incómoda.

—No los venda. Hay libros muy valiosos aquí. Sólo le ruego que cierre bien con llave esta habitación y no permita que personas curiosas entren en la biblioteca.

Evelyn descubrió que cerca del anaquel donde se escondían los libros del demonio había una pequeña escultura del diablo y otros objetos abominables y tembló espantada. Era la primera vez que veía esas cosas.

—Nunca los había visto—murmuró y tomando los objetos de cerámica pensó que debía destruirlos y atormentada notó que no había fuego encendido en la biblioteca para incinerarlos.

Entonces su mirada se cruzó con la del señor Chandler.

—Debe quemar esas abominaciones señorita, debe hacerlo ahora—dijo él—Estos objetos atraen el mal. Ignoraba por completo que su padre coleccionara libros tan malignos y...

Evie sintió que le subían los colores al rostro.

—Mi padre era un hombre de bien, señor Chandler—dijo luego—jamás hacía daño a nadie ni tampoco... no sé qué hacen esos objetos allí, alguien debió colocarlos por error pues le aseguro que jamás los había visto antes.

Él la miró con lástima.

—Lo siento mucha señorita Gaveston, no quise ofenderla, pero piense en el futuro, si alguien encuentra esos símbolos diabólicos y esos libros sobre cómo invocar demonios sería nefasto para usted y para toda su familia. Le ruego que piense en eso. Si desea los llevaré para que nadie los encuentra.

—No, no lo haga por favor, eran de mi padre—su tono era firme.

Chandler titubeó y se alejó de los libros lentamente.

—Haré desaparecer las imágenes. Me siento muy apenada por todo esto y creo esconderé esos libros—declaró Evie.

Él no se opuso a eso, pero la joven notó que estaba disgustado y cuando se despidieron ese día notó cierta frialdad en la forma en que besó su mano.

Evelyn pensó que era el fin. Que su amistad con sir Raymond Chandler había terminado pues lo que había descubierto en la biblioteca francamente lo había espantado.

Y cuando su madre la increpó días después para preguntarle si acaso había dado de calabazas al mejor pretendiente que había tenido y tendría en su vida ella la miró con fijeza.

—Yo no hice nada mamá, deja de culparme por todo.

—Pero hace días que no viene, ¿acaso le has dicho algo para desalentarle Evie? ¿O tuvieron una diferencia de opiniones muy notoria? ¿Qué ha pasado?

—No ocurrió nada de eso, hasta me agradaba lord Raymond mamá. Deja de inventar cosas. Tal vez está ocupado con algún asunto, tendrá otras amistades que atender. Sabes que está de paso aquí y que sólo se quedará unas semanas.

Su madre la miró acusadora.

—¿Acaso estas ciegas, Evelyn? Ese hombre viene a verte a ti. Y creo que está loco por ti, lo disimula, pero mi hermano dijo que tú eres la única por la que profesa interés. Por supuesto que hay otras jovencitas casaderas que están tras el soltero más codiciado del momento.

—Mamá, no hables así, esto no es una cacería.

—Para algunas desesperadas sí lo es.

—Pues no pretendas incluirme.

Lady Rose permaneció pensativa mientras bordaba un pañuelo y esperaba impaciente las visitas de las cuatro.

Había sido un día exasperante en muchos aspectos.

Lluvia, sol, viento y más cuentas que pagar.

Su marido le debía una importante suma a un librero de Londres, quién le envió a su criado (muy arrogante este) con la factura. Ciertamente que si algo no se resolvía satisfactoriamente en las semanas siguientes la pobre dama se volvería loca.

—Mamá, ¿le has pagado al librero que vino hoy? —preguntó su hija con cautela.

—Por supuesto que no. Jamás manejé las cuentas de esta casa, siempre han sido los abogados de Henry que manejaban sus finanzas y Alfred Bane su administrador. Le dije al petimetre que vino hoy que fuera a visitar al señor Bane. Realmente que son demasiados apuros y disgustos, este asunto debe resolverse de todas maneras.

—¿Y por qué no hablas con el señor Bane y le pides consejo? Papá le tenía una confianza ciega, siempre tuvo las cuentas al día y nunca faltó un solo centavo.

—Sí, eso decía tu padre, pero... el señor Bane tampoco puede hacer milagros, hijita, es una realidad. Temo que deberé arrendar Aberdeen como me aconsejó el abogado. Tal vez pueda obtener algo de dinero antes de tomar la decisión radical de venderla.

A Evie la idea le pareció estupenda sin embargo su madre la vio muy seria como si la ausencia de su pretendiente la hubiera afectado. Oh, era un milagro, al fin su adorable hijita mostraba debilidad por un caballero, un acaudalado y honorable caballero de Norfolk, que vivía en uno de los señoríos más prósperos del condado y buscaba una esposa adecuada. Se veía muy entusiasmado con Evie, ay, ¿si el señor escuchara sus plegarias?

Evelyn, ajena por completo a las maquinaciones románticas de su madre se alejó para leer la carta que había recibido esa mañana.

Estaba escrita en francés como si quién la escribiera estuviera seguro de que ella conocía bien esa lengua y si no, paciencia, que alguien se la tradujera. Él nunca hablaba inglés, lo recordaba bien.

Y ella aprendió esa lengua antes de viajar con su padre a Francia, hacía más de tres años, cuatro para ser exactos y aprendió su lengua sin problemas. Estuvo casi un mes en el Chateau del caballero, un antiguo aristócrata heredero de un linaje extinto que la inquietaba con su sola presencia.

El marqués de Fontaine era muy orgulloso y si no le hablaba en francés no le contestaba.

Pero ella no sabía tanto francesa y mientras intentaba descifrar la carta tuvo unas dudas y se escabulló a la biblioteca con una vela y buscó desesperada un diccionario de francés pues casi había olvidado lo que la profesora Richardson le había enseñado. Sólo entendía palabras sueltas de la cara, algo relacionado con un libro.

Encendió las bujías de las lámparas luego de poner la vela en una repisa y buscó desesperada el diccionario.

Una emoción intensa la embargaba. Ese caballero le había escrito a ella la carta, estaba su nombre en el sobre, así que debía ser urgente.

Mientras lo buscaba encontró una caja de madera labrada pequeña cerrada con llave. ¿Qué contendría? ¿Tal vez cartas o amuletos para atraer al demonio?

Recordó los libros de tapa roja del estante de ébano y se estremeció. Seguían allí, pero había arrojado al fuego las estatuas de madera y los amuletos raros que encontró.

Se acercó sigilosa sin saber por qué con la caja en la mano preguntándose por qué no se decidía a quemar esos libros. No eran algo bueno y si alguien descubría que su padre coleccionaba libros de magia y hechicería... bueno, tampoco estaban en el Medioevo.

Tal vez esos volúmenes eran parte de alguna investigación superior y no fuera un experimento torcido como habrían pensado los demás. Su padre jamás habría invocado al demonio, era un hombre creyente, no iba mucho a la iglesia los últimos años y parecía algo apartado, enojado con el Señor, pero eso no le convertía en adorador del diablo. Lo conocía bien. Era un hombre bueno y el hecho de que coleccionara esos libros no lo hacía un seguidor de la orden de satán en el hecho de que tal orden existiera...

Guardó los libros cuidadosamente y regresó a buscar el diccionario, debía entender qué decía la dichosa carta.

Volvió a leerla y a anotar cuidadosamente las palabras que no entendía. Allí estaba, parecía una carta amable y también sospechaba que quería pedirle algún libro pues el marqués francés tenía una biblioteca casi tan grande como la que había en Richmond. Pues no se equivocaba.

Y la traducción de la carta decía lo siguiente.

"Apreciada señorita Gaveston.

Me siento muy conmovido y desolado por la muerte de su padre. Estoy muy apenado y consternado por su repentino fallecimiento.

El señor Gaveston había prometido visitarme el pasado mes de octubre, no lo hizo, tal vez por sus los problemas de salud que jamás mencionó.

Ahora debo pedirle que me entregue en su nombre la colección de manuscritos que obra en su poder, él prometió entregármelos en su última visita. Nunca hizo tal visita al Chateau. Ahora necesito me entregue los libros. No los envíe por correo. Son manuscritos muy viejos y pueden estropearse. Adjunto la lista.

¿Puede decirme si tiene estos ejemplares en su biblioteca?

Aguardaré su respuesta con ansiedad".

Y en otra página le escribía la lista. Eran los seis volúmenes del Art Diaboli en latín y uno más, un libro llamado "Le diable" de Emile Pergot.

Al parecer el marqués le había prestado hace tiempo esos libros, pero por un descuido su padre no los había devuelto. Esperaba devolvérselos personalmente en su siguiente viaje, pero nunca lo hizo. Ahora ella debía llevárselos o...

Eso no era muy claro, pues le pedía que no los enviara por correo, pero sí esperaba recuperarlos.

Buscó el libro de Emile Pergot con ansiedad. ¿Dónde rayos estaba ese manuscrito? ¿Realmente estaba en la biblioteca de su padre?

Observó la carta y notó que tenía un sello y la firma del marqués de Fontaine. Y provenía de Chateaubriand bleu, ese maravilloso castillo en el corazón de Amiens-Picardía que la había hechizado una vez y de punto y letra de ese caballero guapo de ojos muy oscuros que la miraba de una forma que no lograba entender pues era tan joven e inocente. Ahora sabía que seguramente ese pícaro marqués la había mirado con deseo.

Suspiró con los recuerdos de días más felices cuando la vida le parecía una maravillosa aventura. El viaje a Francia lo había sido, estuvo cerca de tres meses aprendiendo francés preparándose para ir a un castillo del Medioevo cuyo excéntrico dueño no hablaba una palabra de inglés a pesar de que conocía al dedillo esa lengua y obligaba a todos sus huéspedes extranjeros a dirigirse a él en su idioma.

No eran los únicos invitados, el castillo recibía a diario muchos visitantes, sin embargo, el marqués le dedicaba miradas profundas y ardientes y tenía la particularidad de hacerla temblar nada más aparecer en escena. Y de los nervios casi olvidaba hablar en francés, se le borraron de la cabeza las enseñanzas de la señorita Richardson. Maurice Fontaine sonreía paciente cuando eso pasaba, pero no le respondía una palabra y le decía a su padre que necesitaba enseñarme francés. No era muy cortés lo que hacía, se comportaba como un hombre soberbio y engreído y sin embargo todas las damas presentes suspiraban por él y no les importaba sufrir impertinencias ni desplantes como cuando un día los dejó a todos plantados durante la cacería del tesoro porque a última hora decidió que se quedaría en su habitación.

Una vez lo había visto discutir con una dama rubia con un ajustado corsé en los jardines, una discusión acalorada que terminó en un beso apasionado. La escena la había dejado muy turbada, especialmente cuando él la pescó espiando. Sintió deseos de que la tierra la tragara. Nunca olvidaría ese momento, corrió de la vergüenza mientras él le dedicaba una mirada profunda y risueña. Y sin embargo al ver cómo peleaba y besaba a esa dama francesa le había asustado y excitado a la vez, tembló como una hoja de la emoción al ver a un hombre como ese besando a una joven de forma ardiente y apasionada. Era especial, era único, no sólo porque medía más de seis pies de altura, lucía siempre impecable y llevaba el cabello largo y alborotado sino por la mirada, la presencia que se imponía con una fuerza que emanaba de su ser casi como un fuego. Nunca había conocido a un hombre como ese y casi sintió tristeza cuando se marchó una semana después. Sintió que dejaba una parte importante de su alma, de su corazón, de su vida en esa fortaleza de Chateaubriand y durante el viaje se quedó sumida en sus pensamientos, triste y nostálgica sin saber lo que le pasaba.

Ahora con esa carta en las manos sentía que su corazón latía de nuevo.

Debía encontrar el maldito libro Le diable cuanto antes y avisarle que tenía la lista completa.

¿Pero cómo lo encontraría entre tantos libros? ¿Dónde lo habría guardado su padre?

Buscó en el anaquel caoba pensando que tal vez se escondía allí pero no lo encontró. ¿Cómo demonios encontraría el libro si ni siquiera sabía cómo era? El color de la solapa, el grosor, la fecha de edición. Ese francés debió ser un poco más específico.

Días después se rindió y con ayuda del diccionario y de otro libro de gramática básica le escribió una carta al marqués de Fontaine.

Necesitaba sellos y por esa razón fue al pueblo más cercano al día siguiente. Esperaba que la carta convenciera al caballero francés de lo difícil de encontrar un libro que nunca había visto.

Su madre la detuvo cuando llegaba a la puerta.

—Evie, ¿a dónde vas?

—Debo llevar una carta al correo y comprar sellos—le respondió.
Su madre la miró ceñuda.

—Pues que lo haga la señora Adams, nuestra ama de llaves.

—Es que tengo urgencia porque...

Le habló de la carta del marqués de Fontaine, pero su madre apenas
le prestó atención, ansiosa como estaba de contarle las buenas nuevas.

—Mi querida Evie, ha regresado el caballero Chandler, ha venido
a verte. No puedes irte, olvida esa carta, no sé por qué te tomas estos
trabajos. Todavía tenemos sirvientes para hacer esas nimiedades, ve y
cámbiate ese vestido mañanero que te opaca por completo. Rayos, deja
el luto de una vez, usa el azul, tu padre no se molestará. Era un hombre
tan bueno.

—Mami, ahora no puedo...—respondió su hija aturdida como si le
importara más salir corriendo con ese vestido horroroso que esperar a
su guapo y atento pretendiente.

La gruesa dama la miró ceñuda.

—¿Qué has dicho? Vamos, vete a cambiar ahora, el señor Chandler
viene hacia aquí, lo vio el mayordomo hace un momento. No puedes
irte por favor.

La joven obedeció resignada, pero antes entregó la carta en cuestión
al ama de llaves dándole instrucciones específicas de lo que debía hacer.

—Señora Adams, debe enviar esta carta cuanto antes pues el
caballero a quién va dirigida espera esta respuesta.

El ama de llaves dijo que lo haría ese día sin falta, que enviaría al
chico de los recados al pueblo.

—Oh, no... Esta carta debe ser enviada a alguien de
confianza—dijo la joven perpleja. Es un asunto muy delicado, mi padre
debía entregar un libro y este caballero...

—Por supuesto que el chico de los recados es de mi total confianza,
señorita Gaveston—replicó la imponente ama de llaves.

Evie suspiró y se alejó preguntándose si la casa llegaría a destino. Lo que menos deseaba era que se perdiera y que el marqués francés pensara que ella era una joven que no se interesaba por asuntos serios o que tal vez quisiera quedarse con sus libros.

Mientras pensaba en ello se preguntó por qué su padre no devolvió los ejemplares ni mencionó nunca que pensara viajar a Francia. Todo era tan raro...

****

Evie apenas tuvo tiempo de cambiarse y quitarse el sombrero cuando apareció su madre jadeando e impaciente.

—Oh Evie, ¿todavía no te has arreglado? Ya está aquí—se quejó.

—¿Tan pronto? Entonces venía pisándote los talones—se mofó la jovencita.

—No importa eso, me siento tan feliz de que regresara, temí que nunca lo hiciera. Por favor, trátale bien, sé cortés con el caballero.

—Siempre soy cortés con todas las personas mami. Vamos, deja de preocuparte.

Pero su madre no estaba dispuesta a rendirse.

—Por favor, no le dejes ir, es una oportunidad inmejorable, no tendrás un pretendiente tan magnífico.

—Mami, tal vez no sea un pretendiente y sólo quiera mi amistad. Imagino que habrá sido invitado a las mansiones más notables del condado y su presencia será muy solicitada en estos momentos.

— ¡Por supuesto! Imagino que nuestros vecinos quieren atrapar al codiciado soltero para alguna de sus hijas, pero no lo conseguirán. Tu tío ha dicho que está muy impresionado por ti Evie, dijo que eres una joven muy hermosa y de gran sensibilidad, que nunca antes había conocido a una dama como tú. Se lo dijo. ¿Te imaginas? Es maravilloso, oh, no puedo creerlo. Hasta tengo ganas de cantar. Qué pena que el pobrecito Henry no esté aquí para verlo, él siempre...—no terminó la frase pues sus ojos se llenaron de lágrimas al pensar en su esposo muerto—Todavía no puedo creerlo y es como si pensara que voy a verlo de un momento a otro. Trato de sobreponerme, pero a veces lo extraño, ¿sabes?

Evie la abrazó, la pérdida era muy reciente para ambas.

—A mí me parece verlo en la biblioteca—le respondió.

La expresión de lady Rose se endureció.

—Creo que al final debería vender algunos libros. Aquí no se aprovecharán, y tú... no puedes quedarte con todos. Imagino que cuando te cases con Lord Chandler...

—¡Mamá! No me ha pedido matrimonio todavía, deja ya de anticiparte a los hechos por favor—estalló la joven molesta y ruborizada.

Los ojos de su madre la miraron con fijeza.

—Pues procura que lo haga.

Evie abandonó la habitación con su vestido color azul suspirando aliviada, pensando que su madre estaba loca.

Sin embargo, al reunirse con Raymond comenzó a temblar como una hoja sin poder evitarlo, él la miraba con tanta intensidad... o tal vez lo imaginó.

—Señorita Evelyn, ¿cómo está? —preguntó el caballero y besó su mano respetuoso.

—Bien, gracias señor Chandler. Me alegro mucho de verle, pensé que se había marchado...

—Pues no, no me he marchado todavía. Lo haré en dos semanas.

—Espero que su estadía haya sido muy grata—dijo ella.

Él asintió y le dedicó una breve sonrisa.

La joven se preguntó por qué de repente el caballero Chandler se mostraba tan lacónico y frío cuando antes había sido tan conversador y espontáneo. Esa última palabra parecía ser clave. No lo notó espontáneo sino todo lo contrario, era como si ella se esforzara por llenar los silencios. Nunca lo había notado tan distante.

Y mientras una criada servía el té para ambos se preguntó si acaso su tío no lo había obligado a cortejarla y ahora él, conociendo las intenciones de este pues se mostrará reservado y reticente.

No parecía estar a punto de pedir su mano como aseguraba su madre y resultaba algo desconcertante la situación y hasta incómoda para ella.

La conversación languidecía de forma inexorable cuando de repente el caballero le dijo de forma inesperada:

—Señorita Evelyn, me gustaría dar un paseo por los jardines ahora, ¿podría acompañarme usted?

Evie lo miró sorprendida y aceptó por supuesto, algo turbada pensando que tal vez le hablara ese día.

Caminaron un buen trecho antes de que él se detuviera para hablarle.

—Señorita Gaveston, he venido a despedirme, debo regresar a Kent la semana entrante, asuntos impostergables me obligan a partir. Pero espero visitarla a mi regreso.

Así que había ido a despedirse, ¿por eso estaba tan frío y distante?

De pronto la joven comprendió que su madre sí había exagerado, ese caballero no estaba cortejándola ni parecía estar interesado en ella de forma romántica. Y cuando se marchó, media hora después tuvo ganas de llorar, sin saber por qué. Se sintió rechazada, humillada y tontamente ilusionada por su tío, su madre y todas las atenciones que le dedicó el acaudalado lord que al parecer no eran más que galanterías y gentilezas sin nada que fuera estrictamente personal o...

—Evie, ¿qué tienes? —exclamó su madre entrando en la habitación. Seguramente había estado espiándola y quería enterarse de las novedades.

—Has estado exagerando madre, ese caballero no... No está interesado en mí, sólo vino a despedirse porque el sábado regresa a Kendal house, su hogar.

—¿Qué? Pero no puede ser—lady Rose estaba francamente horrorizada.

—Es verdad y no comprendo por qué me obsequió flores y vino a verme tan a menudo, creo que sólo estaba siendo amigable por ser sobrina de su amigo. Ahora deja de decirme que me pedirá de matrimonio porque eso no ocurrirá.

—Oh hijita no hables así, no te desesperes, estoy segura de que sólo debes tener paciencia. Él regresará a pedir tu mano la próxima vez, ya lo verás. Tu tío dijo que...

La joven no quería ni oír hablar de tío Edward en esos momentos, se sentía como la más tonta del mundo. Y le molestaba sentirse así, siempre había tenido orgullo y nunca, nunca había tenido debilidad ni deseos de flirtear con los muchachos como lo hacían sus primas.

Su madre notó que estaba mal y se alarmó.

—Oh Evie, por favor no llores, no es para tanto. Debes ser paciente. Los hombres son muy tímidos y cautelosos a la hora de declarar sus sentimientos. Creo que ha sido mi culpa, pensé que él te hablaría pronto y tal vez es demasiado engreído para hacerlo. O teme ser rechazado... Tu padre me hizo esperar casi seis meses antes de pedirme que fuera su esposa y sabía que le correspondía y suspiraba por él. Luego me confesó que sentía tanto terror de ser rechazado que por eso no se atrevía a hablarme.

Evie secó sus lágrimas y miró a su madre.

—No estoy triste mamá, sólo me siento muy tonta y además estoy furiosa pues por primera vez siento afecto y admiración por un hombre y luego él se va sin decirme nada. Temo que me hice ilusiones, pené que me pediría matrimonio o al menos me daría alguna esperanza. Pero el sir Chandler se irá el sábado y temo que no volveré a verle.

—¿Oh hijita, entonces os agrada el señor Chandler? Es un milagro—lady Rose sonrió emocionada—No te preocupes ¿sí? Evie, si está interesado en ti regresará. Lo hará. Tu tío dijo que se había enamorado de ti nada más conocerte en esa fiesta, dudo que un hombre enamorado deje de estar enamorado tan rápido. Tal vez no se sienta seguro de tu interés por él.

La joven comprendió que su madre tenía razón y sin embargo eso no la hizo sentir mejor.

Para matar el tiempo fue a la biblioteca a buscar el libro del marqués de la Fontaine, no debía perder las esperanzas de encontrarlo. Ciertamente que pensar en ese asunto le provocaba cierto malestar. No quería que el francés pensara que no tenía intenciones de devolverle su libro, o que su padre lo había perdido.

Nada más entrar en la biblioteca casi olvidó sus penas.

Se preguntó cómo haría su pobre madre para pagar esas deudas si ella no encontraba pronto un marido para ayudarlas, con sus hermanas no contaba para nada ni tampoco con sus familiares. Su padre había gastado mucho y tal vez... ¿Pudiera vender parte de sus libros? Sentía pena de hacerlo, pero tal vez ayudara un poco.

Esa biblioteca debía contener un montón de libros para coleccionistas, su padre había pagado fortunas por algunos ejemplares.

Tomó uno de ellos en sus manos, el Quijote de la mancha traducida al inglés del año 1698, ese libro debía valer una fortuna, pero...

Demonios, se sentía como una mercenaria, esos libros habían sido tan queridos por su padre, eran su mayor tesoro y... no tenía el temple ni la voluntad de tocar nada, ni siquiera de intentarlo.

Entonces vio la caja labrada sobre la mesa, debió dejarla allí la última vez, aunque no lo recordaba.

Estaba cerrada y la llave no estaba en ninguna parte, pero... Recordó que su padre solía guardar las llaves de la biblioteca en el cajón pequeño de su escritorio.

Sólo que no recordaba si era el cajón izquierdo o el derecho.

Antes de que se diera cuenta estaba abriendo todos los cajones como cuando era niña y se ponía a hurgar cuando nadie la veía. Le gustaba hacer esa travesura pues tenía la tonta idea de que encontraría algún dulce como cuando se escabullía a la cocina. No, no había ningún dulce, sólo una vez encontró un paquete de confituras que su padre trajo de un viaje y olvidó comer, lo que allí había en realidad eran papeles, cortapapeles y pequeños muñecos de cera. Piedras raras. Sellos. Y plumas, tinteros. Y por supuesto más cartas sin abrir.

Las llaves brillaban por su ausencia.

Rayos, debían estar en algún cajón.

Vio la vieja correspondencia de su padre, cartas sin abrir que llegaban todas las semanas a Richmond no sólo de Inglaterra sino de España, Francia...

Hubo un tiempo en que lo ayudaba con esa correspondencia.

De pronto encontró una carta sin abrir de Fontaine. Tembló preguntándose qué diría ese caballero ahora.

Tomó un cortaplumas y la abrió deseando encontrar algo interesante.

"Monsieur Henry..."

¡Oh, no, estaba escrita en francés!

¿Dónde rayos estaba los libros de gramática y el diccionario?

Corrió a buscarlos, pero luego que los tuvo descubrió que la letra no era sencilla, parecía descuidada y... no podía entender las palabras. Era exasperante.

Lo mismo ocurría con las demás cartas.

La asustaba pensar en los raros objetos que había descubierto escondidos en la repisa aquella vez y la cara de espanto que puso el caballero Chandler al descubrir esos libros. Luego de ese incidente se alejó de Richmond.

Sin embargo, había ido a despedirse.

Es que los buenos modales le exigían que lo hiciera.

Un frío helado la envolvió entonces y Evie se estremeció al ver la sombra proyectada en la pared.

Tomó el candelabro y pensó en correr espantada al ver a la sombra acercarse a la biblioteca. No podía ser, debían ser las sombras que proyectaban las velas.

La joven se dijo que no era la primera vez que sentía la presencia de un fantasma observándola. Si era su padre no tenía qué temer, pero...

Miró la caja labrada y pensó no estaba allí la última vez.

¿Acaso algún intruso había entrado en la biblioteca a escondidas para llevarse un libro aprovechando que su padre ya no estaba? ¿Sería tan osado y desleal?

Todos los días cerraba cuidadosamente la biblioteca, pero tal vez no lo hizo siempre o quién entrara tenía copia de la llave.

Vaya, no quería pensar en eso, la ponía muy nerviosa.

La sombra se acercó a ella y se detuvo frente al escritorio.

Algo cayó al piso entonces como movido por un fuerte viento casi pudo sentir ese frío helado atravesarla y calar sus huesos.

Evie se acercó para ver qué era y lo vio.

No podía creerlo, allí frente a sus pies había un libro oscuro con tapas doradas llamado "Le diable" de Emile Pergot, un grueso volumen de hojas finas y encuadernación roja y dorada. La foto de la tapa era una especie de gárgola con expresión maligna y burlona.

Era el libro del marqués de Fontaine, el que tanto había buscado. Lo tomó y abrió para ver si tenía el sello del caballero en sus primeras páginas.

Pues allí estaba el emblema, el escudo y el nombre que figuraba en la carta que había recibido días atrás. Pertenecía al marqués de Fontaine, no tuvo dudas. Se lo devolvería junto con los demás, el inconveniente era que no tenía manera de viajar a Francia en esos momentos.

Evie notó que la sombra se había marchado y se preguntó si sería su padre que quería enviarle un mensaje desde el más allá. ¿Intentaría advertirle de algún peligro? ¿Estaría arrepentido de haber pasado tanto tiempo encerrado en esa biblioteca?

Evie se estremeció al pensar en eso y luego de esconder el libro en un anaquel con llave se marchó.

****

Los abogados regresaron a la semana siguiente, tal como habían dicho, dándole una prórroga más cómoda a su madre para hacer frente a las deudas y tomar así nuevas decisiones con respecto a la herencia de su padre.

Lady Rose lo había olvidado por supuesto y pensó que esa visita era lo peor que podía pasarle.

—Señora Adams por favor, avísele a mi hermano que los abogados están aquí. Debe hablar con ellos ahora. Vaya ahora o envíe a alguien...

La dama de llaves obedeció y desapareció en un santiamén.

Evie supo que no era nada fácil para su madre pues todavía no había logrado alquilar el castillo de Aberdeen. Ella lo achacaba al mal tiempo pues en esa época Cumbria era un sitio inhóspito y helado.

—No te preocupes hijita, todo se resolverá. Además, esta tarde tenemos una fiesta y mi amiga Alice me ha dicho que luego de saber que irías tú pues uno de su sobrino que no es muy sociable asistiría. Es por ti. Alice dice que hace años que está enamorado de ti. ¿Recuerdas al joven Alan Wellington?

—No... no lo recuerdo—respondió Evie alerta.

—ay por favor hijita, no pongas esa cara. ¿Lo conoces?

—Ya te dije que no mami, ¿por qué insistes? Sabes que no iré a ninguna fiesta hoy, creo que estoy algo resfriada—inventó.

Su madre la miró desconfiada.

—Es la segunda vez que inventas eso, hace cuatro días también pensabas que podías estar resfriada, pues te diré algo, uno no imagina está enfermo o lo está o no lo está y punto.

Evie murmuró que no quería conocer nuevos pretendientes ni que siguiera buscándole marido.

—Pero Evie, no puedes quedarte aquí encerrada con todos esos libros. Te has puesto pálida de nuevo. Estas perdiendo los colores.

Su hija la miró con tristeza y se alejó sumida en sus pensamientos.

Estaba furiosa y triste porque durante semanas hizo amistad con ese caballero y luego él decidió marcharse antes de tiempo con la excusa más tonta que pudo ocurrírsele. No quería que eso volviera a pasarle. Los jóvenes de ese condado sólo querían tontear y perder el tiempo, ninguno tenía intenciones serias.

Eso fue lo que le dijo a su madre cuando insistió en el asunto.

—Oh, pero ¿quién te dijo eso? Algún día tendrán que casarse. Además, ha habido muchas bodas últimamente, ¿quién te dice que no te toque aquí, hijita?

—Mami, hablas como si fuera una especie de lotería, de sorteo de feria, no es así. Un hombre no se despierta un día y decide casarse. Los jóvenes de aquí son unos tontos y no me agradan. Ninguno es medianamente guapo.

—Eso porque no miras sus cualidades. Un joven atento, educado y encantador vale mucho más que uno que sólo sea bien parecido.

Evie no estaba muy de acuerdo con eso. A ella le gustaban los guapos, los feos no le atraían ni de lejos. ¿Por qué tenía que escoger uno feo sólo por sus virtudes? Nadie hacía eso.

—Vamos, haz un esfuerzo, te hará bien salir. Verás a tus amigas, verás gente nueva.

—Mamá sólo tengo dos amigas y ambas sólo me escriben cartas de vez en cuando—le recordó Evie.

—Pues debes hacer nuevas amistades.

Ella se quedó pensando en eso y de pronto dijo:

—Una vez uno de esos jóvenes dijo que era un ángel de hielo, creo que todos piensan eso de mí.

—¿Se atrevió a llamarte así? ¿Un ángel de hielo? Qué disparate. No eres de hielo. ¿Quién dijo eso?

—Un joven a quién nunca había visto pero que al parecer creía conocerme muy bien.

Evie pensó que no sufriría más desplantes de esos caballeros.

Así que se quedó porque no deseaba ir malhumorada a una fiesta y que todos lo notaran y en vez de muchacha de hielo le dijeran malhumorada u orgullosa.

Pensó que tenía sueño y se retiraría antes a descansar.

Todavía no se decidía a escribirle al francés con la novedad que había encontrado el libro, luego de leer la carta de Arthur Wells pensó que debía ser cuidadosa. Nadie debía saber que esos libros estaban en Richmond.

Pero alguien los había visto.

Lord Chandler descubrió la colección antes que ella y se quedó horrorizado. Debió pensar que su padre profesaba la religión equivocada. En esos tiempos nadie miraría con buenos ojos que... pero su padre no era un adorador del diablo. Habrá leído esos horribles libros por curiosidad, lo apasionaba el conocimiento y ese hallazgo debió ser fascinante.

Pero el marqués francés le había advertido sobre esos libros.

¿Por qué se los había prestado si eran tan peligrosos?

De pronto recordó que su padre sabía latín y también había leído la biblia en su juventud y estudiado sus simbolismos, lo hizo porque lo apasionaba como hacía todo.

Había cierta amistad entre el padre del marqués que tenía poco más que su padre y su hijo, una amistad que nació por un club de eruditos que estudiaban manuscritos medievales. En Francia están las crónicas más antiguas. Eso le había dicho su padre una vez.

Ellos se reunían en secreto con otros caballeros de distintas nacionalidades que también se hospedaron en esa ocasión en Chateaubriand (con sus esposas, una de ellas fue la que estuvo besándose con el pícaro marqués de la Fontaine). Al parecer el caballero no sólo apreciaba la amistad de sus huéspedes, su compañía intelectual y largas charlas junto al fuego, disertaciones acaloradas, sino que también disfrutaba la compañía de las damas.

Tal vez lo mejor fuera devolverle esos libros y desligarse de ese asunto.

¿Sabría el marqués que esos libros eran peligrosos y si lo sabía por qué se los había prestado a su padre? ¿O eran de su padre y el muy bandido pretendía robárselos?

Evie pensó que cuánto más indagaba ese asunto más enigmático se volvía. Lo mejor era no inmiscuirse, temía hacerlo y descubrir cosas que no le agradaran, pero, ¿podría olvidar toda esa historia de los manuscritos del diablo? ¿Qué debía hacer con ellos? Era una pena que su padre no llevara un diario y que nunca le hubiera contado nada de esa logia ni advertido del peligro. Sin embargo, le escribió a su mejor amigo sobre ello.

Habría deseado investigar y saber qué le había escrito en esa carta, pero...

Evie pensó que tampoco era prudente hacer preguntas porque tal vez alguien más que el francés reclamaría esos libros. Ocultarlos era una decisión prudente, ocultarlos y entregarlos a lord Fontaine.

El testamento secreto

Evie no se equivocaba, pues una semana después ocurrió un hecho muy extraño e inquietante.

Un caballero dijo venir de Londres con una carta para lady Rose Gaveston.

Era un sujeto extraño, demasiado joven para ser amigo de su esposo pensó la dama. ¿Sería soltero?

¡Santo cielos! Pensó al leer la tarjeta que le entregó el ama de llaves.

Guapo, joven, soltero y se llamaba sir Andrew Brentley. Rubio, distinguido y de modales exquisitos, cuando su hijita apareció en escena el joven puso cara de enamorado. Fue instantáneo. Era una respuesta a sus plegarias. El señor no iba a ahorcarla, al contrario, ahora le enviaba un marido directo de Londres para su niña. Toda su suerte mejoraría.

—Lady Rose, por favor, discúlpeme por llegar así—dijo entonces el caballero mirando de reojo a la damisela de negro y tosiendo nervioso como si reclamara que nadie le había presentado a esa joven dama.

Lady Rose atenta a todo decidió subsanar la imperdonable falta.

—Oh por supuesto, no tengo nada que perdonarle. Siendo amigo de mi esposo estaré encantada de recibirle y ... Ella es hija de Henry, la más pequeña de mis niñas. Evelyn.

La damita casadera saludó al caballero con educación, pero sin demasiado interés, Evie miró inquieta al recién llegado al enterarse que era amigo de su padre.

—Encantado señorita Evelyn—respondió el joven.

Evie asintió y se sentó al lado de su madre nerviosa.

—Esto es algo incómodo para mí. Lamento mucho la pérdida de su esposo señora Gaveston.

Ella asintió emocionada y molesta de que le recordaran que su amado Henry estaba muerto. Por un instante olvidó sus fantasías casamenteras y miró al hombre como si fuera un molesto insecto sólo por esa frase, luego se dijo que era una mera cortesía sin otra intención.

—Mi padre era muy amigo de sir Henry, juntos compartían la afición por la literatura y la historia antigua. Él está muy enfermo ahora, ha pillado una gripe y por su edad, no es sencillo superarla y salir adelante. Los médicos que lo atienden no son muy optimistas. Y por eso él me ha entregado una carta y me ha rogado que hable con usted en privado lady Rose.

Ahora lady Rose estaba desconcertada.

—Oh, por supuesto.

Evie miró al joven con desconfianza. ¿Pediría ver los libros de la biblioteca como lo hizo Chandler para reclamar esos manuscritos malignos?

El joven londinense no había ido solo, había llevado dos abogados que aguardaban en la salita.

Tal vez fuera lo mejor que se llevara todos los libros y la liberara de esa pesada carga. Su madre por supuesto, no dejaba de imaginarse que podía ser un pretendiente adecuado para su "hijita querida".

Esa visita le daba mala espina. Tuvo un mal presentimiento y en el instante en que decidió marcharse regresó su madre con el caballero.

—Evie, ven, no te vayas. Este caballero necesita un libro que tu padre prometió entregar a su padre. ¿Podrías acompañarle a la biblioteca? Sólo tú conoces algo de cómo encontrar libros allí.

Evie miró al caballero con fijeza.

—¿Un libro? ¿Qué libro es el que busca caballero? —replicó con expresión alerta.

El joven sostuvo su mirada y se le acercó dando tres largas zancadas.

—Le diable de Emil Pergot —respondió mientras estudiaba su reacción.

Evie hizo un esfuerzo por dominar los nervios, pero tuvo la sensación de que falló.

—¿Y cree que mi padre lo tenía en su poder? ¿Tiene pruebas de ello?

—Pues sí, aquí tengo la carta que llegó poco antes de su muerte en el cual le pedía a mi padre que tuviera ese libro y lo conservara. Ese libro es peligroso señorita y si está aquí debe entregármelo. Se lo pido. Es por su propio bien, pues mi padre me ha rogado que cuide de usted y la lleve conmigo a Londres.

—¿Qué?

Ahora su madre intervino con lágrimas en los ojos.

—Oh Evie querida, ya no tendrás que preocuparte por nada. Este distinguido caballero asegura que va a casarse contigo, se lo pidió su padre y él está de acuerdo.

Evelyn pensó que era una broma.

—Eso no puede ser, debe haber algún malentendido.

El pretendiente la miró sin ocultar el disgusto que le provocaban esas palabras.

—Me temo que no hay un malentendido. He traído a mis abogados señorita Evie. Pensé que era un castigo, pero al parecer no es así, soy muy afortunado de que me obliguen a desposar a una dama tan hermosa como usted.

Sus ojos brillaban de rabia y algo más que ella no pudo entender. O tal vez sí entendía, pero no quería ni oír hablar de ello.

—Traigo a mis abogados con una carta que escribió su padre hace tiempo rogándole que al mío que cuidara de usted encontrándole un marido que velara por su bienestar en el caso de que muriera de forma repentina y usted quedara sola y desamparada. Mi padre le respondió que le daba su palabra pero que para cumplir su cometido debía firmar un poder y nombrarle su tutor. Al ser menor de edad está bajo nuestros cuidados y deberá acompañarnos. También dijo que los libros más valiosos pasarán a ser de mi familia. Pero eso puede esperar, sólo quiero el que le mencioné.

—Eso es una locura, mi padre jamás habría hecho eso. Él nunca...

Su madre intervino.

—Evie, creo que necesito hablar contigo en privado. Sir Andrew, le ruego que me espere aquí un momento. Por favor.

El joven no quitaba los ojos de encima de Evie.

—Vaya, qué ojos tan bonitos tiene usted damisela, creo que intenta embrujarme—murmuró.

Los ojos azules de Evie echaban chispas, solían ser dulces y alegres, pero en esos momentos estaba tan asustada como furiosa.

—Ven querida, tenemos que hablar en privado—dijo su madre.

Ella la siguió temblando.

Cuando la puerta de la salita de música se cerró lady Rose intentó calmar a su hija.

—Esto es una respuesta a mis plegarias. Oh, bendito Henry, siempre estuvo preocupado por ti, tu padre ha traído un esposo. Tanto que pedí al cielo y ahora él desde el cielo te envía uno.

—Eso no puede ser verdad.

—Deja de decir eso hijita. Es un caballero muy apuesto y su padre es el conde Brentley-Ackerman, una de las fortunas más sólidas de Londres. Tu tío tiene un puesto en el parlamento y él... es un joven muy agradable y educado.

—No me casaré con él, acabo de conocerlo y ciertamente que no me agrada para nada. La forma arrogante de expresarse, de decir que debo casarme con él...

—Pues acaba de decir que es muy afortunado de poder desposar a una joven tan hermosa y de buena familia. Evie, su padre es legalmente tu tutor ahora y la boda se celebrará en menos de tres meses. Luego de publicarse las amonestaciones y... el tiempo que lleve organizar una boda tan importante como esta. Es un milagro hijita, estoy tan emocionada.

—Pero mamá, todo esto es una locura no... ¿Cómo es que de repente llega ese caballero diciendo que debe casarse conmigo porque su padre es mi tutor? ¿Por qué mi padre dejaría un tutor? No soy huérfana, os tengo a ti y mi dote es escasa ahora.

—Bueno, creo que tu padre sabía que era una buena forma de asegurar tu futuro. Era un hombre práctico a pesar de todo y quiso dejarte protegida. Me emociona al recordar la carta, sir Andrew la tiene en su poder y en ella, mi querido Henry dice estar muy preocupado por ti hijita porque cree que, por su culpa, por vivir metida en esa biblioteca te convertiste en una jovencita tímida y apocada. Algo triste. Dijo que no debió permitir que pasaras tanto tiempo entre libros.

—Él nunca me habló de que planeara nombrar un tutor, nuestros abogados... Mamá, debes hablar con tío Edward sobre esto antes de tomar una decisión, te lo ruego. No hagas caso a esos abogados. ¿Y si el documento que pretenden tener en su poder es falso?

—¡Oh Evie, por favor, qué imaginación tienes! Por supuesto que no es falso. Conocí al padre de sir Andrew, un caballero con todas las letras que fue muy amigo de tu padre. Dudo que esté mintiendo, ¿por qué lo haría además? Hijita, nadie querría asumir una responsabilidad semejante, criar a una jovencita y luego encontrarle marido. Pero es un hombre honorable y quiere cumplir la última voluntad de tu padre, deberías valorarlo y sentirte agradecida en vez de... ¡Buscar la quinta pata al gato!

—¿Y crees que voy a casarme con un hombre al que nunca he visto en mi vida, que me iré con él a Londres sin más? ¿Cómo esperas que haga una locura como esa? ¿Sólo porque dice tener en sus manos una carta que puede ser falsa?

—¿Una carta falsa dices? Rayos, ¿por qué querrían falsificar la carta de un hombre, sólo porque quiere casarse contigo? Pudo venir y pedir tu mano sin tener que inventarse algo como eso. No, no tiene sentido lo que dices.

La mente de Evie era un torbellino.

—Es por el libro mami, es ese libro... Quiere tenerlo en su poder y también pretende llevarse otros porque dice que mi padre expresó su voluntad de que los tuviera.

—¿De qué libro hablas, Evie? Por favor, esto no tiene sentido.

—Es por ese libro... cuando lo tenga toda esta farsa que han montado se esfumará, ya lo verás. No habrá ningún tutor y mucho menos una boda.

—Pero, ¿por qué piensas eso? Es absurdo que... se tomen tantas molestias por un libro. ¿Qué libro es ese? Tu padre tenía miles de libros raros y muy valiosos. ¿Crees que vengan muchos caballeros dispuestos a casarse contigo sólo para llevarse esos libros viejos con olor a moho?

Evie no respondió a eso. Su madre no lo entendería y tal vez era mejor que no supiera que por ese libro habían muerto dos personas, o más, y que habría otros ansiosos de tenerlo e inventarían historias y documentos más inverosímiles que el que había llevado sir Andrew. Pensar que por un libro podían matar y engañar, estafar la dejó aterrada. Le diable... el libro que también quería tener el marqués francés y aseguraba: era suyo y le pertenecía.

—Madre, aguarda, habla primero con el tío antes de hacer nada. Papá jamás habría regalado a nadie sus libros, sabes cuánto los amaba y en ningún momento mencionó que deseara hacer tal cosa.

De pronto su madre comprendió que todo era demasiado bueno para ser cierto, por primera vez dudó.

—Está bien, hablaré con mi hermano. Él tiene un abogado que se hospeda en su casa y que intenta poner en orden nuestros asuntos. El testamento de tu padre es algo confuso en una parte y... ciertamente que te ha nombrado heredera de sus libros y también desea que tú hagas donaciones a las bibliotecas del pueblo si lo crees necesario. Pero no menciona nada de un tutor y... ahora que pienso es bastante extraño todo esto, lo que no... Pues no puedo creer que todo sea por un dichoso libro.

—Debe valer mucho dinero madre, o tal vez sea una pieza única de colección.

—¿Y alguna vez viste ese ejemplar con un nombre tan raro?

—No... nunca lo he visto.

Nadie debía saber que su padre tenía ese libro hasta que supiera quién era el legítimo dueño. Deseaba de corazón que fuera del francés, al menos fue quien primero lo reclamó y tenía el sello en sus primeras páginas. Y si se lo llevaba. ¡Oh *voilá*! Se dejarían de molestarla a ella y a su familia. Que se llevara toda la biblioteca si quería.

Al salir de la salita Evie recuperó parte de la calma.

El arrogante caballero de Londres se acercó muy sonriente sin dejar de mirarla.

—Bueno querida, ya sabes que estás hablando con tu futuro esposo, ¿verdad? —dijo con arrogancia.

Ella lo miró con fijeza.

—No estoy tan segura de eso sir Andrew… Creo que debe tratar este asunto con mi tío sir Edward Paterson. Mi madre le explicará.

La expresión traviesa del joven cambió al instante y Evie pensó que era el sujeto más trasparente que había conocido en su vida pues al enterarse que toda su historia era puesta en duda prácticamente y que debía demostrar su autenticidad sus ojos echaban chispas y hasta lo vio palidecer de forma gradual mientras apretaba los puños.

De pronto la escena que montó con sus abogados exigiendo que enseñaran los documentos en cuestión le recordó una obra teatral que vio hacía dos años con sus padres en Londres. Los actores eran capaces de trasmitir con gestos sus sentimientos porque habían aprendido actuación y eran muy buenos. Ese joven no era actor, pero no dudó en comprender que parecía actuar como esa obra medieval interpretada en el teatro atestado: Orlando furioso, el caballero deshonrado y abandonado por su esposa que prefirió la compañía de un guapo y seductor doncel que recitaba poesía en el castillo. Toda la obra estaba compuesta por situaciones algo insólitas para ella y no pudo parar de reírse mientras su padre le decía que en la Edad Media pasaban esas cosas.

Su madre intervino para apaciguar al joven caballero.

—Puedo pedirle a mi cochero que los guíe hasta la mansión Rossen, pertenece mi hermano, el conde de Wilton—dijo pomposa. Le encantaba mencionar todos los títulos que tenía su hermano, heredados de su padre y también al casarse con su acaudalada y noble esposa.

Sir Andrew aceptó a regañadientes y luego la miró.

—Id haciendo las maletas Evie, cuando regrese deberás acompañarme. Llevad sólo lo indispensable y luego, buscad el libro. No regresaré a Londres sin él—declaró.

Evie sostuvo su mirada sin moverse, orgullosa y desafiante.

—No me casaré con un hombre al que nunca he visto en mi vida y que además tiene tan mal carácter—respondió.

Él sonrió levemente y se le acercó.

—Temo que tu opinión no cuenta ahora, Evie. Cuando tu tío comprenda las verdaderas razones de todo esto él mismo vendrá a convencerte de que casarte conmigo es tu única salvación. Ya verás.

Evie sintió que odiaba a ese sujeto y que nunca sería su esposa. No podía ser cierto, nada de eso lo era y le parecía irónico que su madre creyera que ese caballero era una respuesta a sus plegarias, más bien parecía una pesadilla. Estaba segura de que no sería otra cosa para ella.

****

Aguardó con ansiedad la respuesta de su tío, él sabría que esos documentos eran falsos, que su padre nunca nombraría un tutor. Su testamento no lo mencionaba para nada.

Durante el desayuno Evie sintió que estaba a punto de estallar, su madre no hacía más que ver con ansiedad las cartas e invitaciones que había recibido ese día totalmente impasible, nada la perturbaba más, sólo decidir a qué casa iría a tomar el té ese día.

—Mamá, ¿crees que sir Andrew haya regresado a Londres? —preguntó la joven con cautela.

Ella la miró distraída.

—¿Sir Andrew? —repitió aturdida—¿Quién es sir Andrew?

—El joven que dice ser mi futuro esposo, ¿acaso lo has olvidado?

—Oh sí... bueno, tu tío descubrirá la verdad. Si realmente es quién dice ser y tu padre nombró al suyo tu tutor... Evie, debes hacerte a la idea por si acaso...

—¿Y por qué tío Edward no ha venido? Han pasado dos días y nada. Ni un mensaje de su sirviente.

—Bueno, entonces tal vez no fuera verdad y de la vergüenza ese joven y sus abogados regresaron a Londres. Empiezo a tener dudas ¿sabes?

—¿Ahora dudas mami? ¿Por qué?

—Es que mi Henry no... Él no estaba de acuerdo con los matrimonios concertados. Su propia hermana sufrió mucho porque la obligaron a casarse con un hombre que era todo menos caballero, siempre la dejaba encinta hasta que un día murió en el parto. Tu padre sufrió mucho porque era su hermana menor y sentía tanta impotencia de no poder ayudarla y decía que las leyes eran muy duras con las mujeres, que nuestra reina en vez de querernos nos odiaba y condenaba a permanecer casadas de por vida, aunque nuestro matrimonio fuera desafortunado y... Evie, él nunca quiso que tú te vieras obligada a casarte por interés con un caballero, jamás lo habría permitido y esa historia de que nombró un tutor con ese fin ahora que pienso es absurda. Porque de haber nombrado un tutor habría nombrado a su hermano, a su mejor amigo, a tu tío Edward... No a ese caballero de Londres del que sólo oí hablar una vez. Pero no temas, todo se resolverá... Lástima que los maridos ricos y amables no abundan en este mundo hijita. Era como un cuento de hadas... cuando lo vi me pareció tan encantador, pero luego, al ser contrariado se mostró muy arrogante y la forma de expresarse... Ya no creo que sea un esposo adecuado para ti y rezo para que todo sea un embuste. Tal vez no sea quién dice ser, tal vez quiera Aberdeen y el libro maldito que nombró. Tú tienes una dote muy codiciada querida: los libros de tu padre y el castillo de Cumbria y muchos anhelan poseerlo te lo aseguro. Sabes, he estado pensando en vender Richmond y pagar las deudas y mudarnos a Aberdeen. Edward cree que no sería tan mala idea, al contrario...

—¿Vender esta casa? Pero tú naciste aquí mami, tus hermanos, tu familia, tú adoras Richmond house. ¿Cómo podrías desprenderte de ella? No lo hagas por favor. Aberdeen es un lugar muy hermoso, pero hace mucho frío y...

—Lo sé hijita, pero prefiero vender esta casa con sus recuerdos que perder Aberdeen. Tu padre amaba ese castillo y yo también, vivimos nuestros primeros tiempos de casados allí. La época más feliz de mi vida, nuestros años más felices—su madre se emocionó y secó sus lágrimas con rapidez—Sólo espero que el señor vea y castigue a ese caballero por intentar engatusarnos y mentirnos. Sólo eso. A él me encomiendo y pido justicia.

A media tarde su tío fue a visitarlas y no iba solo. Sir Andrew lo acompañaba y a juzgar por su mirada no eran buenas noticias para ella.

Habló primero con su madre en privado y luego la envió buscar.

—Evie, ¿cómo has estado? —la saludó—Todo esto es muy inesperado y vine a decirte que te quedes tranquila. Investigaré a fondo todo este asunto del tutor. Ignoraba que mi difunto cuñada tramara algo así y realmente no... Estoy anonadado.

Mis abogados han viajado con los abogados de sir Andrew esta mañana y esperan tener noticias que aclare todo esto en poco tiempo, pero... temo que deberás casarte con sir Andrew hija.

—¿Qué? Pero ese documento... puede ser falso.

—Mis abogados creen que no lo es, pero como tu madre tiene dudas y creo que tú también los envié a investigar a Londres.

—Pero tío, ninguno estuvo aquí luego del funeral reclamando esto.

—Es que el conde de Brentley ha estado muy delicado de salud y luego, cuando supo de la muerte de su amigo se inquietó y envió a buscar a sus abogados para trabajar en este asunto y cumplir así la última voluntad de quién fuera según sus palabras; su mejor amigo. En ocasiones estas cosas ocurren, son previsiones que toman los padres cuando sufren alguna enfermedad y dejan hijas solteras. Lo que no entiendo es por qué no confió en mi para ello, siempre fui su amigo a pesar de que en los últimos tiempos no nos veíamos con frecuencia—tío Edward no pudo ocultar sus sentimientos al respecto.

—¿Y por qué nombraría tutor a un hombre que no era su mejor amigo? Todo es tan extraño, tan inesperado y creo firmemente que sólo quieren los libros, que esa boda no es más que una excusa para apoderarse de mi herencia.

—Evie, eso no es así, sir Andrew es un caballero acaudalado, su padre es uno de los hombres más ricos del país, por qué tendría interés en unos libros viejos o en Aberdeen? No... creo que lo hace por una vieja deuda, porque se lo pidió su amigo y desea ayudarte. Debes comprender eso. Todo esto es por una razón altruista, él tiene varios hijos y sobrinos, pero te casarás con el mayor, el heredero y eso será muy ventajoso para ti. Si esta boda se lleva a cabo serás muy afortunada. Comprendo que estés sorprendida pero no creo que haya razones para desconfiar a menos que... Mi única duda en todo esto es que ese caballero no sea quién dice ser y sea un ladrón de dotes. Por eso le he pedido un favor a mi amigo Raymond Chandler pues él lo mencionó en una conversación cuando le pregunté si tenía amistades en el condado. Dijo haber ido a la universidad de Cambridge un tiempo y que allí hizo amistad con Chandler. Si él confirma su identidad, entonces será un importante progreso. Sabes, que a veces la gente no es quien dice ser, aunque las razones para desconfiar... ha traído tres abogados y las cartas. Los abogados son conocidos por los míos y no, no hay razones para desconfiar. Todos los documentos parecen ser verdaderos. Tu padre firmó las cartas, las cartas fueron realizadas de su puño y letra. No hay trampas en eso, pero haré averiguaciones pues a mí también me ha sorprendido todo esto, pensar que mi sobrina deberá casarse en tres meses con un joven al que no conozco, bueno, me provoca ciertas dudas por supuesto.

—Mi padre nunca quiso una boda concertada tío Edward, siempre lo dijo. Lo acompañé en sus viajes, en sus reuniones y fui presentada a caballeros distinguidos, lores y hasta príncipes y siempre se mostró reacio a que yo realizara una unión ventajosa aprovechando las circunstancias.

—Eras muy jovencita entonces Evie, pero no creo que sea malo una boda ventajosa, lo que realmente es malo es una boda que no esté a la altura de tu noble cuna hija, que se realice por caprichos del corazón. Que un enamoramiento loco y desmedido arruine tu vida condenándote a pasar estrecheces y miseria. No, jamás querría para ti un hombre bueno, honrado pero que no tenga qué ofrecerte. Tal vez sea muy bonito el amor en las novelas románticas, pero no es tan divertido cuando por razones meramente sentimentales escoges sin mediar la prudencia y el sentido común.

—Tío Edward, nunca he visto a ese hombre en mi vida, es un completo extraño. ¿Cómo puedes pedirme que me case con él y que piense que es una idea acertada sólo porque es rico y fue la voluntad de mi padre? Él jamás me habría hecho esto. Debe haber algún error.

—Si la letra, su firma Evie estaba en esos documentos, entonces temo que deberás aceptar lo irremediable porque, aunque a todos nos sorprenda: fue la última voluntad de tu padre. Quiso protegerte porque tal vez sospechaba que no viviría mucho, en ocasiones las personas intuyen que eso va a pasar y toman medidas, hacen testamentos y...

—Mi padre dejó un testamento y no mencionó nada de un tutor, ¿acaso no debió hacerlo?

—Es que al parecer hizo otro testamento Evie, uno poco antes de morir y sus abogados no lo sabían porque la copia la tiene el conde de Brentley, padre de sir Andrew. En ella lo nombra tu tutor y le pide expresamente que cuide de tu legado. Y en su última carta le pide que cuide de ti, que encuentre un caballero apropiado para que sea tu esposo porque estaba preocupado por tu futuro, Evie.

—¿Y si esa carta es falsa tío Edward, como el testamento y lo demás y no sean más que un grupo de rufianes dedicados a engañar?

—¡Evie, es demasiado! Pero no temas, todo se resolverá satisfactoriamente en unos días, no habrá dudas entonces. Haré averiguaciones y también esperaré que Chandler me ayude esta tarde haciéndome una visita y reconociendo al caballero de Brentley.

Saber que Chandler iría a casa de su tío le provocó un sobresalto, un palpitar extraño. ¿Qué pensaría él de todo ese asunto?

—No te preocupes por ello, nadie va a aceptar esa boda a menos que realmente todos los documentos sean verídicos y ese joven merezca el honor de convertirse en tu esposo. Tengo algunas reservas con todo esto y sólo queda esperar.

—No pueden obligarme a tener un tutor, no soy una niña, tengo diecinueve años—dijo Evie impaciente.

—Hasta los veintiuno no puedes considerarte mayor de edad Evie, además si ese hombre es tu tutor debes acatar su voluntad y... no comprendo por qué Henry hizo esto, me ofende que no me considerara si pensaba nombrarte un tutor.

—¿Y qué pasaría si me negara a esto tío? Ya no soy una niña, tengo diecinueve años y además no soy huérfana, tengo a mi madre, ¿acaso ella no puede velar por mí? ¿Por qué debo tener un tutor? Es ridículo.

—Sí, tal vez lo sea, pero mis abogados dicen que en realidad ese tutor fue nombrado sin demasiadas formalidades y que su cometido es nada más que garantizar que estarás a salvo y tendrás un esposo. Sé que no te sientes cómoda con esto, pero en realidad necesitas casarte, tienes la edad ideal para ello y tenía la esperanza de que con el tiempo Chandler se animará a pedir tu mano, pero ahora temo que eso no será posible. Todo esto es un asunto legal que debe estudiarse con mucho cuidado, Evie. Hay un documento firmado por tu padre que me preocupa mucho y que de ser legal pues no podrás casarte con Chandler, aunque este te lo pida.

—Pues no me casaré con ese desconocido tío Edward, no lo haré.

—Tal vez sí debas hacerlo, pero antes de tomar una decisión debes estar preparada.

¿Preparada? ¿Preparada para qué, para cumplir la voluntad de su padre? No, su padre jamás habría hecho una petición tan horrible como esa, no la habría condenado a un matrimonio sin amor, concertado, planeado con un joven consentido y mimado como ese. Un tonto niño rico hijo de la fortuna. Un completo desconocido.

Cuando su tío se marchó fue a dar un paseo por los jardines, lo necesitaba, se sentía mal, furiosa y asustada. Esperó que todo fuera un vil intento de estafa, un engaño para apoderarse de su herencia, de los libros más que del castillo de Aberdeen.

Ahora cabía la posibilidad de que todo fuera cierto, que su padre, por una razón desconocida hubiera decidido nombrarle un tutor para que cuidara de ella y le encontrara un esposo.

¿Tanto le preocupaba eso? ¿Por qué nunca lo mencionó?

El marqués mencionaba algo de la preocupación de su padre, también la carta de su amigo. Sin embargo, no lo decían abiertamente, no explicaban de qué se trataba, pero sí notó que había algo que lo inquietaba. En ocasiones lo veía tan distante, tan concentrado en la lectura de sus libros... perdió alegría, dejó de escribir, ni siquiera leía las cartas.

Pero en su biblioteca debía encontrar la respuesta, alguna carta sin enviar, algo que confirmara que su padre realmente había pedido ayuda a su viejo amigo en Londres.

Observó a su alrededor y notó que el cielo se había oscurecido, el día duraba tan poco. Estaba deseando que terminara el invierno de una vez, añoraba tanto ver a las plantas reverdecer, las flores exóticas salpicar el jardín, tal vez entonces pudiera asimilar la pérdida de su padre. ¡Rayos, cuánto le hacía falta!

Mientras regresaba pensó que postergaría la visita a la biblioteca, estaba cansada y sólo deseaba escabullirse a su habitación para que su madre no la obligara a acompañarla ese día. Realmente no estaba de humor para sociabilizar.

****

Fueron días de angustia para Evelyn, tanto que acudió a la vicaría, ayudó a su madre en la labor de aguja y la acompañó a todas partes para evitar estar en Richmond, para no pensar en nada.

Por momentos su mente hilaba planes locos de fugarse de su casa si su tío confirmaba que en efecto todo era cierto y debía casarse con sir Andrew.

Por fortuna este no había aparecido luego del primer encuentro, y desde la mansión de su tío llegaban noticias descorazonadoras. Chandler lo conocía y no tenía muy buena opinión de ese caballero. Pero sí era quién decía ser, su identidad fue confirmada. Sin embargo, Raymond dijo que a él también le parecía todo muy extraño e inesperado.

Su madre la mantuvo al tanto de todo, día tras día, no hablaban de otra cosa. Evie estaba asustada, se sentía triste y acorralada y decidida a no casarse con ese caballero del que al parecer su amigo tenía muy mala opinión de él. "No creo que sea una elección acertada para su sobrina, sir Edward" le había dicho en confianza.

Cuando el caballero le preguntó la razón Chandler demoró en responderle, dio rodeos hasta que dijo que: "es un zorro sin escrúpulos, tiene malas costumbres y me consta que sus padres se volvieron loco intentando encaminarle enviándole al ejército de su majestad".

Así que su futuro marido era: un "zorro sin escrúpulos".

Bonito pretendiente le había tocado en suerte.

Evie luchaba por no pensar en el futuro preguntándose si podría pedir ayuda a los abogados de su padre si lo peor se confirmaba.

Una semana después, recibió la visita de los abogados de Brentley y una carta del mismísimo conde en la cual le pedía perdón por no haber ido antes a comunicarle la última decisión de sir Gaveston. Uno de los juristas, un sujeto bajito, calvo y bigotes pintorescos habló con voz muy grave:

—Imagino que será difícil para usted enterarse de todo esto, pero... Creo que es lo más conveniente dadas las circunstancias.

—¿Dadas las circunstancias? —replicó lady Rose.

Evie no dijo palabra.

El abogado se aclaró la garganta.

—Bueno, me refiero a las deudas que dejó sir Gaveston.

Lady Rose enrojeció. ¡Cuánta falta de delicadeza!

—Pero aquí tiene la carta lady Rose, puede leerla usted misma.

Evie notó que su madre se ponía pálida mientras leía la dichosa carta de lord Brentley.

"Mis abogados le dirán cómo debe seguir esto ahora. Le ruego que les entregue el libro "Le diable de Emile Pergot, mis abogados están capacitados para ayudarle a encontrarlo."

Lady Rose buscó a su hija desesperada.

—Evie, ¿sabes algo de este libro? ¿Un libro llamado "Le diablo de Emile Pergot?

La joven se puso pálida. Sí sabía, pero era del marqués de Fontaine.

—No, nunca le oí nombrar —mintió.

Los abogados se miraron.

—Pues búscalo, al parecer quieren ese libro antes de la boda. Con cierta urgencia. Supongo que lord Brentley ha de ser uno de los coleccionistas.

—Lo haré, mami—respondió Evie y se alejó con premura, era un alivio no estar presente en esa reunión.

Fingió buscar durante un buen rato, y los hizo esperar un poco más mientras observaba moverse las manecillas del reloj hacia el mediodía, pronto sería la hora del almuerzo y esos abogados estarían famélicos. Habían llegado muy temprano, ¿esperaban ser invitados a comer?

Pues esperaba que su madre no los invitara. Evie observó el escondite de los libros con expresión de astucia, no los entregaría y mucho menos el que le reclamaba Maurice Fontaine.

Regresó poco después a la sala donde aguardaban los abogados impacientes.

—No lo he encontrado señores, lo lamento. Hay demasiados libros, encontrarlo será una labor titánica me temo, necesito más tiempo—se quejó.

—Oh por supuesto señorita Gaveston, le daremos un tiempo razonable. Pero es prioritario que lo encuentre—respondió el abogado calvo.

Y sin más se marcharon luego de que su madre no los invitara a almorzar, se veía tan disgustada con todo ese asunto como ella.

—Oh Evie—murmuró cuando se quedaron a solas—no me agrada esto, pensé que era una respuesta a mis plegarias, lo confieso, pero ya no estoy tan segura.

—Mami, por favor, debe haber algún error. Mi padre jamás nombraría un tutor ni tampoco me obligaría a casarme con el hijo de este.

—Es lo que yo pienso también, pero...

—¿Y qué más decía la carta de Lord Brentley?

Lady Rose se dejó caer en un sillón con brazos.

—Bueno, se disculpa por no haber podido venir personalmente, pero da fe de que todo es verdad. Me ha pedido el libro como una especie de dote, y también... ha dicho que pagará las deudas de vuestro padre Evie. Lo hará.

Ese pequeño detalle lo cambiaba todo, Evie lo sabía, su madre había puesto en arriendo el castillo de Aberdeen muy contra su pesar, se negaba a venderlo y si lord Brentley pagaba sus deudas todos sus problemas serían resueltos.

—Pero mami, no puedes permitir esto, es tan loco y precipitado. Chandler ha dicho que ese joven es un zorro malvado. No puedo casarme con él.

—Lo lamento Evie, pero, debo pedirle consejo a mi hermano. Pero en la carta Brentley dice que deberás viajar a Londres en una semana, todo ha sido estipulado con abogados, no puedes negarte Evie. Tal vez sea la solución a todos nuestros problemas. He oído que lord Brentley es un hombre de honor y supongo que intenta hacer que su hijo siente cabeza. Además, dice que respetará el luto y esperará ese tiempo para celebrar la boda. Sin embargo, insiste mucho en ese libro, asegura que no le interesa Aberdeen y que pagará las deudas de vuestro padre, pero a cambio ruega que le entreguemos ese ejemplar.

—Pero no está mami, ya lo busqué. Además ¿por qué un hombre tan rico querría ese libro viejo con un nombre tan extraño?

—No lo sé, tal vez sea un coleccionista como lo era mi pobre Henry. Sólo que él asegura que está aquí y desea tenerlo. Eso decía su carta.

Evie se sintió deprimida, desanimada y cuando al día siguiente se presentaron en Richmond los abogados de sir Brentley rogándole que los ayudara a encontrar el dichoso libro tembló. Diablos, habían regresado y estaban emperrados en encontrar el libro.

Era del marqués de Fontaine, no podían apropiarse de él.

—Ve querida—dijo su madre—La señora Adams te ayudará a buscar, es una dama muy eficiente.

La joven se vio obligada a obedecer.

Pero cuando llegaron todos a la biblioteca les advirtió.

—Les ruego que no toquen ningún libro y si acaso sienten curiosidad pueden revisar, pero deberán guardarlo en su sitio. Toda la biblioteca de mi padre está ordenada por temas y autores, y los libros raros y antiguos están todos en ese lugar—dijo señalando hacia un rincón.

Muchos pares de ojos vieron el lugar en cuestión y se acercaron como fieras ávidas de tener una presa. Sus miradas, sus gestos, la joven habrían deseado tomar un palo y apartarles como si fueran perros, pero no podía hacerlo. Sabía que de todas formas no podrían encontrar el libro en cuestión.

—Por supuesto señorita, así lo haremos, puede estar tranquila—dijo el abogado calvo con los ojos muy brillantes.

Sin embargo, se mantuvo alerta y sonrió cuando los escuchó toser por el polvo poco después y a uno de ellos caerse desde una escalera y sufrir una lesión en la muñeca.

—Oh cuánto lo siento... señora Adams, llame al doctor Anderson—dijo consternada.

El ama de llaves obedeció y el abogado calvo tuvo que ser atendido por un médico y llevar la muñeca vendada.

No encontraron el libro por supuesto y marcharon con torvo semblante.

Pero no se rindieron como esperaba, pues una semana después regresaron. Su madre estaba muy inquieta y la envió buscar.

—Evie, los abogados traen una carta de Lord Brentley, dice que se llevarán algunos libros.

La joven se quedó aturdida, no podía ser.

Estaba al borde del llanto, odiaba que tocaran su biblioteca, que se llevaran sus libros, no tenían derecho a ello, eran de su padre, suyos.

—Tranquila señorita Gaveston, los cuidaremos bien—dijo sir Andrew entrando en escena.

Evie lo miró atónica, ¿por qué había ido ese joven en persona? Su madre no le había dicho nada.

Sir Andrew era un sujeto antipático, arrogante y se dijo que ni muerta sería su esposa. Lo miró con fijeza.

—¿Se llevarán todos los libros? —preguntó entonces.

Él sonrió y besó su mano galante.

—No tema señorita Evie, los cuidaremos bien. Lo que sucede es que resulta muy incómodo examinarlos aquí, son demasiados y pensé que sería buena idea llevarlos a un lugar más amplio y luminoso.

—¿Examinarlos? —repitió atónita—. Pero usted no puede llevárselos sin mi consentimiento, señor Brentley, son míos.

—Bueno, no me reclame a mí señorita, son órdenes de mi padre quién acaba de convertirse en su tutor, ¿lo olvida? Además, no son más que libros rancios con olor a polvo, todos excepto uno por supuesto.

Evie sintió deseos de darle una bofetada por hablar con tanta irreverencia y por recordarle que su padre era su tutor. Le resultaba ridículo tener uno.

—Ahora le ruego que vaya a pedirle a tu doncella que le haga las maletas, señorita Evelyn. He venido a buscarla. Soy su futuro marido, ¿lo olvida? Y en tres días vendré a buscarla para llevarla a Derby house, en el corazón de Londres.

Ella lo miró espantada. ¿Acaso era una broma?

—¿Qué ha dicho, señor Brentley? —preguntó mientras se alejaba despacio.

Ahora él se mostró sorprendido.

—¿Cómo? ¿Acaso no se lo dijo su madre señorita Evie, no le explicó que vendría a buscarla? Oh vaya... qué descuido. Bueno, se lo diré en pocas palabras: los libros viajarán primero a Derby house, sólo los que tengan similitud con el manuscrito que buscamos, luego lo hará usted señorita. Espero eso no la disguste por favor. Sería imposible hacer todo a la vez, por una cuestión de espacio, en el carruaje.

Eso no podía estar pasando, ese hombre le estaba haciendo una broma. Su biblioteca saqueada por esos tunantes, se llevaría todos los libros sospechosos de ser Le diable ¿y luego, ella sería llevada en el mismo carruaje días después?

—Vendrás conmigo mientras estos libros son llevados a Derby house para ser examinados con más calma así que ve... ve y dile a tu doncella lo que deseas llevar en tus maletas, pero te advierto, en el carruaje sólo entrarán dos maletas, no más. ¿Has comprendido?

Ella no respondió, estaba demasiado furiosa para eso, pero se alejó porque al parecer era lo que todos querían: alejarla de la biblioteca.

De pronto notó que muchos libros eran puestos en caja y llevados como si fueran una empresa de mudanza y ellos fueran cosas, no libros valiosos. Observó la escena con lágrimas en los ojos mientras que pensaba que lo peor ocurriría: esos malvados encontrarían los libros que ella había escondido y no podría evitarlo. Debía hacer algo, sólo para vengarse de todo ese atropello y prepotencia. ¿Qué derecho tenían a irrumpir en su vida y apropiarse de sus libros, de llevarla a Derby house y casarla con ese sujeto arrogante con cara de libertino londinense?

—Evie, ven querida... —la llamó su madre que al parecer había presenciado la conversación.

La notó rara, su cara siempre tan alegre parecía haber cambiado de repente como si hubiera envejecido diez años.

No estaba feliz con esa boda, a pesar de ser tan casamentera y ahora la llamaba aparte para conversar.

—Ten cuidado Evie, están aquí, sus criados recorren Richmond y nos espían. Nos vigilan. Temen que... no sé qué planean, pero no me gusta. Edward dice que deberé ir a su casa un tiempo y detesto separarme de ti Evie, habría deseado que no fuera así, que tú...

Su madre estaba al borde de las lágrimas y ella también, no pudo evitarlo. Había tenido la esperanza de que todo fuera un malentendido, una farsa, que su tío descubriera algo reprobable en su pretendiente o su familia sin embargo ocurrió lo contrario.

—¿Es que no podemos hacer nada contra esto mami? Realmente no hay nada que logre evitar este desastre. Dice que vendrá en tres días a buscarme para llevarme a la mansión de los Brentley en Londres.

Su madre se puso seria.

—Me temo que no, ese testamento tiene la firma de tu padre y debemos cumplir su última voluntad, no podrás casarte con nadie si ese caballero hace valer su derecho. Te arruinará Evie, arruinaría tu futuro. Debes aceptarlo.

—No, no puedo aceptarlo mamá, crees que esto es sencillo. Están saqueando la biblioteca de mi padre y no puedo controlarme, estoy furiosa.

Pero no pudo evitarlo, vio con impotencia cómo partían en su carruaje horas después y dejaban la biblioteca de su madre con libros caídos en el piso, sin ninguna consideración. Contempló ese horror completamente desolada.

Dos criados intentaban ordenar ese caos.

—Lo sentimos señorita—dijo uno de ellos—pero no se preocupe, ordenaremos todos los libros.

Ella no respondió, se sintió tan triste y se acercó para ayudarlos. Un montón de libros habían quedado en el suelo y luego de que pudieron arreglar ese caos observó los libros que faltaban. No podía saber los títulos faltantes sólo en qué temática habían vaciado los estantes. Arte y poesía estaba intacta, autores clásicos también, narrativa inglesa...La merma empezaba notarse en los anaqueles dedicado a la historia francesa. Por supuesto, allí estaban los manuscritos más valiosos.

La habían despojado de muchos libros como si fueran ladrones. Eso no tenía ninguna excusa ni justificación. Era como un santuario roto y profanado por unos malditos y no pudo soportar más tiempo verla en ese estado.

Pero aguardó hasta que los criados se marcharan para ver si los manuscritos escondidos estaban en su sitio.

Tembló mientras su dedo largo movía los gruesos volúmenes de literatura antigua, afortunadamente nadie prestó atención a esa sección de la biblioteca, los libros estaban escondidos como los había dejado, pero... No podía dejarlos allí, podrían regresar y buscar los demás. Ya lo habían hecho dos veces, habría una tercera. La codicia de ese coleccionista era alarmante, su falta de decoro y... Pero tal vez fuera arriesgado quitarlos en ese momento, alguien podía verla.

Se dio por vencida y se dejó caer en la poltrona bordó. Estaba furiosa además de asustada y comprendía con tristeza que no tenía a quién pedir ayuda. Nadie la ayudaría y tenía la sensación de que su vida se había convertido en un cuento raro y siniestro, de esos que leía cuando se le antojaba leer algo oscuro y maligno.

****

Algo hizo que despertara. No sabía qué era, pero de pronto sintió una voz que decía su nombre, una voz con acento extraño. Era un sueño, un sueño extraño en el cual el dueño de esa voz la tomaba entre sus brazos y la besaba y acariciaba de forma íntima. Estaba desnuda en su cama y no tenía miedo, sólo deseaba sentir sus besos y entregarse al deleite de la carne como una completa desvergonzada.

No era la primera vez que tenía ese sueño y que despertaba sintiendo el frío de su cama helada y vacía, la ausencia de ese ser que la había amado en sueños envolviéndola con el calor de la pasión y el deseo se convertía en una rara tristeza, en una añoranza de saber que no podía estar a su lado... si acaso es que existía ese amante de sus sueños, ese ser que decía su nombre y estaba allí haciéndole el amor.

Era tan extraño e inquietante.

Miró a su alrededor y vio el reflejo del sol en la ventana, tal vez acababa de amanecer y tenía trabajo que hacer. Evitar que esos libros fueran llevados a Londres con los demás. Y guiada por ese impulso decidió ir a la biblioteca aprovechando la ausencia de los criados.

Se cubrió con una capa para no ser vista y tomó una lámpara, conocía el camino, pero necesitaría luz para encontrar el escondite de los libros. Era ahora o nunca. Pronto tendría que viajar a Londres y tal vez no tuviera otra oportunidad.

La casa estaba sumida en el silencio, aunque imaginaba que los criados estarían muy ajetreados con las tareas del día. Afortunadamente nadie la había visto.

Pero al llegar al recinto lo encontró cerrado con llave, maldijo en silencio por ese nuevo contratiempo y tuvo que regresar a su cuarto en busca de la copia secreta que tenía en su mesa de luz. Estaba furiosa por esa pérdida de tiempo y porque esos intrusos cerraban la biblioteca para que nadie entrara, era su casa, su biblioteca. Pues encontraría los libros y los escondería, nadie iba a impedírselo.

Su mente era un torbellino mientras buscaba la llave y planeaba un escondite que nadie pudiera descubrir pues temía que la biblioteca fuera desmantelada por completo, la casa podría ser puesta de cabeza en pos de encontrar esos libros. Por eso querían llevarse todos y no se detendrían hasta que apareciera uno de ellos, el que más querían: Le diable. Y ella sabía dónde estaban... sólo tenía que sacarlos de su escondite.

Momentos después, con la llave en la mano regresó a la biblioteca y fue hasta el estante escondido y secreto. Primero activó la palanca detrás del libro dorado y con el corazón palpitando vio que los seis libros estaban allí tal cual lo recordaba, dentro de una caja y los tomó con cautela, los quitó del escondite y dejó todo como estaba con mucho cuidado.

De pronto sintió un viento frío y helado atravesarla y tembló, al tiempo que uno de los libros caía el suelo. Era ese volumen único: "Le diable de Pergot" y al caer se abrió mostrando una imagen siniestra de la criatura más terrible de toda la creación. El demonio. Pero no era presentado como ese diablo feo y rojo con colmillos y mirada maligna sino como un caballero de guapa estampa.

Tomó el libro y leyó. "Una de las apariciones del diablo durante el medioevo, se cree que fue el barón Achilles de Giraud" y luego la ilustración.

Había otras ilustraciones, pero como estaba escrito en francés fue casi imposible entender algo más.

Lo tomó y regresó a la caja y salió de la biblioteca con prisa.

Ahora sólo le quedaba encontrar un lugar para esconderlo.

Evie miró a su alrededor y pensó que, si regresaban, buscarían en su habitación, en todas las habitaciones, les llevaría tiempo, pero estaba segura de que no dejaría de buscar ese libro. Tal vez quisieran los demás, pero no se atrevieran a mencionarlo.

No podía buscar un escondite eficaz en esos momentos, su lámpara parpadeaba inquieta y pronto su llama se extinguiría pues se estaba acabando el aceite. Así que regresó a su habitación con los libros y decidió guardarlos en su maleta, con sus vestidos y otros libros que pensó en llevar a Londres. Imaginaba que no serían tan atrevidos de hurgar entre sus pertenencias. Allí estarían a salvo por esa noche, luego con más luz y más calma, buscaría un escondite más apropiado. Se sintió feliz de su hazaña pues estaba decidida a evitar que Brentley y su padre tuvieran los libros que tanto buscaban.

****

Antes de partir a Derby house, Evie pidió al caballero Brentley que la dejara un momento a solas con su madre.

—Oh sí, por supuesto señorita.

Fue en busca de su madre temblando, deseaba correr y encerrarse en la mansión para no tener que marcharse con Brentley... La buscó en la sala de música, pero no la encontró. ¿A dónde habría ido de forma tan repentina?

Su despedida había sido tan triste, ella no quería que se marchara, pero su tío había dado el visto bueno. Evie debía casarse con Brentley, todo estaba estipulado en el testamento y no podría escapar.

Siguió buscándola mientras se alejaba preguntándose si no podría esconderse en algún lugar. Iba a hacerlo hasta que oyó una voz familiar y se quedó tiesa.

No tuvo tiempo de escapar sólo de ponerse colorada como un tomate y mirarle con fijeza.

Raymond Chandler estaba allí y parecía levemente incómodo, molesto, decía tener algo muy importante que decirle a Lord Edward.

—Señorita Gaveston... usted aquí—dijo.

—Señor Chandler es que debo partir en una hora para Derby house—respondió ella temblando como una hoja al sentir la intensidad de su mirada.

No era una mirada de reconocimiento, de amistad, era una mirada distinta.

—¿Viajará a Londres con sir Andrew? ¿Entonces ha aceptado casarse con él? —preguntó Chandler sorprendido.

—Aceptar no es la palabra exacta pero sí... me he visto obligada a aceptar.

—No lo haga señorita Gaveston, no deje que la convenzan de algo que no es conveniente para usted. Por eso he venido a hablar con su madre sobre esto, temo que está cometiendo un error que lamentará el resto de su vida. Usted no puede casarse con ese caballero, todo esto tiene un propósito que no es lo que han pretendido desde el comienzo.

—¿Qué? ¿Pero de qué habla usted sir Chandler? ¿Cuál propósito?

El dio un paso más y tomó sus manos que notó frías y temblorosas.

—Lo que debo decirle es algo delicado, pero hablé con su tío al respecto y él lo ha comprendido de inmediato. Temo que la han engañado. A usted y a su familia. Los Brentley no son tan honorables como pretenden y esconden oscuros secretos. Estoy dispuesto a cuidar de usted si acepta mi ayuda como su amigo.

Ella se alejó confundida.

—Es que no comprendo qué quiere decirme, sir Chandler. ¿De qué oscuros secretos habla?

Sir Chandler le mostró un documento sellado para que lo leyera. Evie notó que parecía un testamento.

—¿Qué es esto?

—Es el testamento firmado por su padre dos años antes de morir en el cual dice que deja su biblioteca a un amigo llamado sir Arthur Brentley.

—¿Y por qué lo tiene usted señor Chandler?

—Porque mi abogado acaba de descubrir que es falso, ¿ha visto la firma de su padre? Fue falsificada, no es la firma habitual. Por lo tanto, su contenido es nulo.

Evie supo que tenía razón, la firma de su padre no se parecía, pero era similar como si hubiera sido garabateada.

Unos pasos interrumpieron la conversación y Andrew Brentley apareció ante ellos con expresión airada.

—Sir Chandler, qué sorpresa. Usted aquí.

Raymond lo miró sin responderle.

—Querida, debemos irnos o perderemos el tren. ¿Te has despedido de tu madre? —preguntó volviéndose a ella.

Evie lo negó.

—No voy a ir contigo, no después de saber que el testamento que presentaron aquí es falso—le respondió Evie.

Andrew fingió estar sorprendido.

—¿Qué has dicho?

Esta vez fue Raymond quien intervino y luego tío Edward que al parecer estaba muy apenado por todo lo ocurrido.

—Me temo que ha habido un inconveniente legal con el testamento sir Brentley. Necesito hacer averiguaciones y confirmar o negar las sospechas de sir Chandler. Y mientras eso no ocurra me temo que no podré consentir que se lleve a mi sobrina a Londres como estaba dispuesto por su padre.

Andrew se enfureció.

—¿Cómo se atreve a dudar de un documento legítimo? Me ofende sir Wilton. Realmente no puedo creer que dé crédito a las patrañas que la ha contado Chandler. Es un mentiroso, sólo quiere robarse a mi prometida, ¿es que no lo ve? Ha inventado todo esto para impedir nuestra boda—dijo acusador.

La discusión se tornó airada y sir Wilton decidió intervenir.

—Creo que debemos conversar este asunto con mucha calma y en privado. Evie por favor, ve con Rosie y aguarda allí.

Su sobrina aceptó encantada. Todo fuera por librarse de esa boda absurda.

Fue a buscar a su madre y la encontró en la salita donde escribía las cartas.

Se veía feliz.

—Oh Evie, el señor Chandler tiene pruebas de que el testamento es falso, todo lo es. Sólo querían quedarse con los libros y lo de la boda fue la excusa para exigir la dote.

—¿De veras? Bueno, es una buena noticia.

Lady Rose suspiró aliviada.

—Y ahora puedo decirlo: nunca me agradaron los Brentley, ninguno de ellos. Han sido muy desconsiderados al llevarse los libros de tu padre y luego pretendían llevarte a ti. Pero Chandler intervino, él ha estado investigando con sus abogados ese testamento. Te ha salvado hijita, y sé que lo hizo por ti.

—¿De qué hablas, mami? —Evie se dejó caer cansada en el sillón.

—Chandler ha dicho que se casará contigo, hijita y tu tío ha aceptado su propuesta de matrimonio. Y no sólo lo hará para salvarte de esa familia horrible. Creo que está muy enamorado de ti, y el pensar que podía perderte para siempre le provocó tal desesperación que por eso viajó el mismo a Londres para descubrir la verdad.

—¿Lo hizo? —preguntó la joven súbitamente interesada.

—Así es...

—¿Y ha dicho que se casará conmigo?

—Sí, habló hace un momento con tío Edward y yo estaba escuchando a cierta distancia claro.

La joven vaciló.

Escapar de viajar a Londres la llenaba de alivio, pero no estaba segura de querer casarse con Chandler. Era un buen amigo sí y le apreciaba, pero no estaba enamorada de él.

Sin embargo, la disputa no fue tan sencilla, Evie observó que tardaban horas conversando con su tío y se preguntó si realmente podría escapar de ir a Derby house. Casi tenía ganas de esconderse para que no pudieran encontrarla, pero su madre logró persuadirla de esa idea tan alocada.

—Aguarda, tu tío es un hombre sensato y Chandler no fue el único que intentó convencerle, yo también lo hice.

Ella miró a su madre emocionada.

—¿De veras? ¿Y crees que él escuche a Chandler ahora? ¿Que logre convencerle? —Evie miró a su alrededor inquieta.

—Espero que así sea, Chandler está enamorado de ti Evie. Sí... pero no pidió tu mano porque esperaba hacerlo en un tiempo, mi hermano me lo dijo. Lamento que no lo hiciera entonces, pero si ahora te pide matrimonio te ruego que lo aceptes, es un buen hombre y cuidará de ti.

Evie se sonrojó al ver a sir Chandler aparecer de repente. Estaba solo y al parecer quería hablar con ella en privado.

—Señorita Evie, por favor, venga conmigo. Tengo que hablar con usted.

Lady Rose sonrió satisfecha pero su hija temblaba preguntándose qué le diría ahora. Chandler la miraba muy serio y lo notó nervioso, inseguro y algo enfadado.

—Señorita Gaveston... —dijo y tomó sus manos despacio—Usted no tiene que casarse con Brentley, no debe casarse con él y no comprendo por qué su tío... Bueno, no me corresponde a mí juzgarle, pero ahora él quiere saber su opinión al respecto—dijo.

—¿Mi opinión? —repitió ella insegura.

—Temo que sólo hay una manera de escapar de Andrew Brentley y le ruego que acepte casarse conmigo. Sé que es algo prematuro, que sólo nos une una tierna amistad. Soy un hombre razonable y práctico, sé que no es el momento, pero le juro que hace semanas que no duermo pensando que debe casarse con ese caballero. Él es un hombre malvado, cruel y egoísta. Jamás la haría feliz. Además, su familia tramó todo esto para despojarla de sus libros, lo sabe ahora ¿verdad?

Ella asintió y los ojos de Evie brillaron con picardía. Qué forma tan extraña de pedirle matrimonio.

—Pero ¿usted desea casarse conmigo o sólo me lo pide para ayudarme? —le respondió con cautela.

Él estaba muy serio cuando dijo que no era así.

—Me une a usted una amistad y un aprecio profundo, pero esperaba pedirle matrimonio en un tiempo, deseando que me aceptara por afecto y amistad y no por una mera obligación ni por un capricho del corazón. Deseaba evitar eso. Pero al saber que ese ser despreciable pedía su mano y pretendía forzarla a un matrimonio concertado sin tomar en cuenta su parecer ni sentimientos... No podría soportarlo, la aprecio demasiado y no podría tolerar saber que ese hombre la hará tan desdichada. Por eso le ruego que acepte convertirse en mi esposa, pues temo que no habrá otra manera de que pueda ayudarla en este triste asunto. Le ofrezco mi ayuda y un escape a lo que sería el mayor error de su vida. Pero antes de darme su parecer quiero darle mi palabra de honor de que no lo hago para aprovecharme de su desventura y por eso, compartiremos el compromiso, pero seremos sólo amigos, ¿comprende? Nuestro matrimonio no será consumado hasta que usted se sienta segura de ello y me lo haga saber.

Evie se sonrojó al oír eso, ¿acaso Chandler la consideraba tan inmadura y atolondrada de aceptar ser la esposa de un hombre sin saber lo que le esperaría luego? ¿Realmente la creía tan niñata para eso? Bueno, tal vez fuera mejor así, tenía razón al decir que los unía una linda amistad y cierto entendimiento. No un capricho del corazón.

—Su proposición me honra señor Chandler y por supuesto que acepto, pero temo que mi tío tal vez se oponga y eso...

Él tomó sus manos y las besó emocionado.

—Su tío dio su aprobación hace tiempo, iba a pedir su mano entonces, pero temí que usted me rechazara o aceptara para no herir mis sentimientos.

Qué ideas equivocadas se hacía el señor Chandler, Evie no podía comprender por qué imaginaba, suponía y sacaba sus propias conclusiones sin siquiera indagar si tales suposiciones eran verdaderas.

—Señor Chandler, me siento honrada de que me pida matrimonio, pero en estas circunstancias temo que lo hace obligado, por ayudar a una amiga que se encuentra en apuros y no porque realmente desee que sea su esposa.

Esas palabras lo asustaron.

—Oh no me malinterprete por favor, realmente deseo que sea mi esposa y lamento pedírselo en circunstancias tan difíciles, pero no crea que lo hago movido por el deber ni para ayudarla solamente.

—¿Entonces por qué lo hace sir Chandler? Le ruego que me lo diga.

Él demoró en responderle.

—Se lo pido porque es una joven de cualidades extraordinarias, porque no es coqueta ni frívola sino una criatura de sentimientos profundos y tiernos. De buen corazón y muy inteligente. Se lo pido porque estoy convencido de que me haría muy feliz si aceptara convertirse en mi esposa. Pero comprendo que mi proposición la ha tomado por sorpresa y por eso tenga miedo y muchas dudas.

—Pero usted no me ama ¿no es así? Sólo cree que sería una esposa adecuada por mis virtudes y talentos. No siente afecto ni tampoco un capricho romántico.

El caballero retrocedió algo incómodo, no se lo esperaba, que una dama tan sensata le hiciera un reclamo de ese tipo era algo extraño.

—El amor nace en una mirada señorita Gaveston, el amor es un raro tesoro que perdura con el tiempo y, sin embargo, es necesario ser prudentes y oír primero a nuestra razón. No juzgue a un hombre por sus palabras por favor, un hombre puede hacer promesas de amor y recitar poesía y luego las palabras se diluyen en el viento, júzguelo por sus acciones, que hay muchos jóvenes que dicen estar locamente enamorados de una dama sólo para aprovecharse de ellas, para tener su corazón y su voluntad y luego cuando ya lo tienen todo se alejan en pos de una nueva conquista. No comparto esa forma de proceder y la condeno. Es un usted una joven hermosa y de corazón muy tierno, otros menos honorables le dirán que la aman con palabras y gestos apasionados pero vacíos pues saciar un deseo egoísta es lo único que persiguen. No, nunca le haría eso. Si me acepta como su esposo por mi honestidad le aseguro que seré un marido comprensivo, bondadoso y fiel y que hacerla feliz será mi mayor desvelo.

Evie se dijo que eso se oía bastante bien y que era mucho más de lo que tal vez tenían muchos matrimonios en esos tiempos. Y ante la posibilidad de un litigio con la familia Brentley... Pues tenía razón. No había nada qué pensar.

La joven sonrió y dijo: —Señor Chandler tiene usted mucha razón, sólo espero que con el tiempo sienta por mí amor verdadero y cuando eso ocurra me lo haga saber por favor. Y decirle que acepto ser su esposa.

Él tomó sus manos y las besó y sonrió.

—Gracias señorita Evie, me hace mucho feliz que decidiera aceptar mi proposición.

No la besó, ni acarició su cabello sólo le dijo que la boda sería sencilla y debían celebrarla en secreto para que ni sir Brentley ni su padre pusieran objeción ni intentaran arruinar su boda.

—Temo que deberá mudarse de Richmond e irse a la casa de su tío un tiempo pues me temo que aquí no estaría segura—agregó.

Evie se quedó esperando ese beso, pero Raymond hizo mucho más que besarla ese día, pues cuando su tío apareció seguido de un furioso pretendiente que acababa de enterarse de que no habría boda ni viaje a Derby house dijo que ese asunto debía resolverse con mucha calma.

—¿Calma? —repitió sir Andrew—Le aseguro que este asunto se resolverá en tribunales sir Edward y deberá usted pagar las consecuencias. Cuando mi padre se entere del atropello que acaba de cometer, de su negativa a aceptar la última voluntad de su cuñado y...

Sir Andrew profirió no sólo amenazas contra lord Edward y sir Chandler por inmiscuirse en un asunto que no le incumbía sino contra su prometida.

—Y usted señorita Evelyn, temo que será la más perjudicada en el futuro. Ni vuestra familia ni Chandler podrán protegerte, estaréis en peligro porque hay muchas personas buscando ese libro y sabrán que tu padre lo tenía en su poder. Vendrán por ti Evie, no descansarán hasta saber dónde están y no les importará hacerte daño. No quieras imaginar lo que te pasará cuando caigas en sus manos, preciosa. Son gente malvada y sin piedad, y ansían apoderarse de ese libro con fines malvados. Rogad porque aparezca ese libro, porque de lo contrario...

Raymond se interpuso y lo enfrentó.

—Deja de asustar a la señorita Evie, yo cuidaré de ella con mi vida.

—La quieres para ti, ¿verdad? Pues no podrás hacerla tu esposa, ningún oficial se atrevería a casar a una joven sin el consentimiento de su tutor.

Evie lo miró espantada.

—Eso lo veremos. Acabo de tener el consentimiento de la señorita Gaveston, es todo cuanto necesito ahora—respondió Chandler.

Pero tío Edward no estaba tan seguro de eso y cuando sir Andrew se marchó dijo que era una completa locura.

—Lo conseguiré sir Edward, lo prometo. Tendré una dispensa especial para casarme con su sobrina. Y la tendré pronto, pero le ruego que antes de que eso pase le dé cobijo en su casa.

—Por supuesto señor Chandler, cuente con ello.

Evie vio con pesar cómo se iba Raymond, habría deseado marcharse con él, pero no podía hacerlo.

—Evie, lamento decirlo, pero no te hagas ilusiones. Chandler no podrá desposarte como planea, todo se confabula en su contra. Por más que tu madre autorice la boda y yo os dé mi bendición temo que será en vano. A menos que se demuestre que el testamento era falso como sospecha Raymond, pero probarlo también llevará tiempo... Temo que antes de que eso ocurra lord Brentley vendrá aquí y exigirá con sus abogados que se cumplan las disposiciones del testamento.

Evie pensó que eso no importaba, no iría a Derby house, antes escaparía y nada iba a amedrentarla. Sospechó que todo había sido un ardid para asustarla. Tal vez su padre no había sido asesinado y sólo la familia Brentley codiciaba la biblioteca de su padre y esos libros habían sido la excusa.

Un encuentro inesperado

Siguieron días de calma y reclusión. A Evie no le permitían abandonar la mansión de Rossen ni podía regresar a Richmond por decisión de su tío y por temor a que Brentley decidiera ir a buscarla. En su hogar nunca estaría a salvo.

La joven pensó que exageraban y se moría por regresar a Richmond house, pues la compañía de su tía y primas era aburrida y por momentos exasperante. Nunca había congeniado demasiado con sus primas menores: Eleanor y Diana y ahora que estaban en "edad de merecer" se habían puesto vanidosas e insoportables. Afortunadamente su madre la había acompañado y con ella sí podían dar paseos por los jardines y charlar. Igual echaba mucho de menos su hogar. No podía evitarlo.

Entonces llegó una mala noticia de Richmond.

Alguien había entrado en la noche y había cometido un robo y entrado en la habitación de la señorita Evie y luego en la biblioteca. Los libros que quedaban habían sido tirados en el piso, otros destrozados.

—No puede ser... Es horrible. ¿Han destrozado los libros? —Evie estaba escandalizada.

—Sí, pero lo peor es que estuvieron en tu habitación, de haber estado allí... tu tío quedó muy impresionado y quiere que me quede a vivir aquí, que no regrese a Richmond, pero es mi hogar, no puedo aceptar su hospitalidad.

Evie se puso seria, tenía razón, ni ella tampoco podía seguir quedándose en la mansión. Extrañaba su casa, su habitación, sus libros...

—Debo ir a ver qué pasó mamá, no puedo dejar que los criados tiren los libros o se los lleve alguien.

—Olvida ese asunto Evie, ni lo sueñes. Te quedarás aquí. Esa gente que busca ese libro es muy peligrosa, lo ha dicho tu tío y tiene razón.

—Pero debo ir y ver...

—No... quédate aquí. Chandler puede regresar de un momento a otro con la dispensa y entonces deberás casarte con él.

Evie la miró incrédula.

—Mamá, eso no pasará. Él no me ama y sólo se casa conmigo para ayudarme, porque cree que seré una buena esposa—declaró Evie con tristeza.

—Ay Evie, por favor, ¿es que no te das cuenta? Ese caballero está loco por ti, tanto que temía pedirte que fueras su esposa porque el dolor de tu rechazo habría sido demasiado para él.

—Exageras mami, como siempre.

—No, no exagero. Digo la verdad. Por eso no pidió tu mano, pensó que tú eras muy joven y creo que es muy tímido Evie, sé paciente.

—Pero él no dijo que estuviera enamorado de mí.

—Hijita, debes aprender a confiar en tu madre. Chandler se puso furioso cuando supo que debías casarte con sir Andrew, realmente no lo esperaba y sospecho que fue eso lo que precipitó que se animara a pedir tu mano. Pero no creas que no te quiere porque es mentira, ningún hombre pide matrimonio a una mujer si no está perdidamente enamorado.

Ella suspiró inquieta. ¿Regresaría con la dispensa, lo conseguiría?

Días después recibió un mensaje alentador de Chandler, era breve y le avisaba que había logrado tener la dispensa y que podrían casarse en una semana. ¡Una semana!

Evie corrió a la salita de música para decirle a su madre.

Tenía la carta en sus manos y una emoción intensa la dominaba.

Cuando entró en la pequeña sala la encontró vacía pero el piano estaba abierto, qué extraño, tal vez tuvo que salir y olvidó cerrarlo.

Entonces escuchó voces, voces provenientes de la sala hablando un idioma extranjero.

Atraída por una voz en particular acudió a la sala sin pensar, sujetando la carta.

Nada más entrar lo vio parado frente a su madre. Era el hombre más guapo que había visto en su vida, más que Chandler, más que cualquier otro. Diablos. No podía ser él.

Tuvo la sensación de que él también la había visto pero se mostraba frío y reservado. Soberbio.

Hasta que la miró con fijeza con esa mirada fuerte y viril y sintió que se estremecía.

—*Bonjour, mademoiselle* Evelyn—dijo—¿Me recuerda usted?

Su madre estaba arrebolada y actuaba muy raro, al igual que la esposa de tío Edward. Al parecer el caballero las había hechizado a todas hablando un inglés con marcado acento.

Su madre se acercó nerviosa.

—Evie, querida, él es el marqués Maurice de Fontaine. Un viejo amigo de tu padre—dijo.

Ella asintió y tembló cuando él besó su mano. Estaba delatándose temblaba como una hoja. Por supuesto que sabía bien quién era.

El marqués se apartó y le habló algo en francés que no entendió. Odiaba que hiciera eso y lo hizo todo el tiempo.

Uno de los acompañantes del ilustre visitante ofició de intérprete.

Al parecer el marqués había hecho un largo viaje porque necesitaba recuperar unos libros, los libros que mencionó en su carta.

Evie dio fe de ello, pero su tío no estaba muy feliz de que nuevamente mencionaran esos benditos libros.

—Mi sobrina no sabe nada de esos libros—se apuró a decir.

Evie miró al caballero con desesperación.

—Tío, no es verdad... yo encontré esos libros y los guardé en Richmond para que sir Andrew no se los llevara—respondió y explicó el asunto de la carta.

—Oh vaya... Pero sir Andrew se llevó todos los libros a Londres.

—No... guardé la colección en Richmond. Puedo traerlos si lo desea.

El francés la miraba con fijeza nada contento con toda la situación, parecía levemente indignado de que alguien se llevara los libros de su viejo amigo.

Tío Edward intervino.

—Querida, no es necesario que vayas tú sola a Richmond, no sería apropiado—dijo y mirando al marqués lo invitó a quedarse en su mansión.

Pero él declinó el ofrecimiento.

—Me hospedo en la casa de un viejo amigo, lord Edward—respondió—le agradezco su gentileza.

Luego habló en francés y tuvieron que traducirle.

Al parecer el caballero quería que Evie lo llevara a Richmond de inmediato para recuperar sus valiosos manuscritos pues estos no debían caer en manos equivocadas. Explicó que era peligroso que eso ocurriera.

—¿Eran suyos esos libros, Monsieur? Qué extraño—opinó sir Edward.

El francés no respondió a ese impertinente comentario y volvió a insistir en que la señorita Gaveston le entregara los libros.

Sir Edward no pudo negarse y de pronto comprendió que era lo mejor: deshacerse de los malditos libros y luego gritar a los cuatro vientos si alguien preguntaba por ellos pues que se los había llevado un francés loco que vivía en un castillo y que declaró ser su legítimo dueño.

Evie acompañó la comitiva algo turbada sintiendo la mirada airada del marqués sin comprender por qué parecía tan molesto. ¿Acaso no había guardado sus libros y no iba a entregárselos o pensaba que mentía?

Qué sujeto tan antipático y soberbio. Hablando francés como si todos estuvieran obligados a entenderle.

Lo mismo ocurrió durante el viaje en su lujoso carruaje. Estuvo hablando rápido con su asistente mientras la vigilaba de reojo.

En ningún momento le habló. Estaba realmente furioso tanto que lo vio ponerse pálido de repente mientras le hacía una pregunta en francés que ella no entendió por supuesto.

—No entiendo lo que dice, Monsieur—balbuceó Evie en francés.

Él la miró con fijeza haciendo que se ruborizara de nuevo.

Volvió a hablarle en francés y fue su intérprete quién tradujo sus palabras.

—El marqués desea saber por qué escondió usted los libros señorita, ¿deseaba leerlos en privado?

Ella lo miró espantada y le habló de sir Brentley y el extraño testamento de su padre.

—Guardé los libros porque usted me los pidió en una carta y no deseaba que ese caballero los tuviera.

Él la miró con fijeza.

Había entendido cada palabra y sin embargo se negaba a responderle, a hablar en su idioma.

—Mercy, mademoiselle. ¿Cómo dijo que se llamaba ese caballero? —preguntó el marqués.

—Brentley, Andrew Brentley.

Sus ojos castaños brillaron de rabia. ¿Conocería a los Brentley, tendría amistad con ellos?

—¿Leyó usted los libros? —quiso saber luego.

—Están en latín y en francés Monsieur, ¿cómo espera que pueda leerlos?

Sus ojos la miraron con intensidad. Miró sus ojos y luego sus mejillas, sus labios.

—Pimpollo de rosa, al fin ha florecido—dijo en inglés.

Lo dijo sin acento como si lo hablara con frecuencia.

Evie pensó que era la primera vez que un hombre tan guapo le decía un cumplido semejante y parpadeó inquieta. No supo qué decir.

Habían llegado a Richmond.

Entró a la mansión sin ocultar sus nervios y ansiedad. Quería ver cómo había quedado la biblioteca y su habitación.

Su prisa por entrar dejó atrás al orgulloso marqués francés con su séquito.

—Señorita Evie—dijo el mayordomo—¿Lady Rose vino con usted?

—No... he venido con Monsieur Fontaine y sus criados—respondió y sin detenerse fue hasta la biblioteca.

El caos que encontró allí la hizo llorar. Estantes y estantes vacíos y libros tirados. ¿Por qué? ¿Acaso Brentley había regresado luego de comprender que ninguno de los libros era el que buscaba?

Entonces vio el escritorio donde su padre escribía carta y guardaba sellos y recuerdos de su vida y lo notó abierto. Se acercó furiosa y vio que montones de notas y cartas estaban tiradas en el piso y también los cajones. Todo estaba en el suelo.

Comenzó a juntar todo mientras lloraba al pensar cómo esos malditos habían saqueado su biblioteca, el tesoro que su padre juntó en vida.

De pronto notó que no estaba sola, el marqués estaba allí mirándola en silencio hasta que le preguntó qué había pasado.

—Estuvieron aquí el otro día y entraron para robar. Supongo que buscaban sus libros Monsieur Fontaine. ¿Pero por qué los tenía mi padre? ¿Por qué los conservó sabiendo que eran tan peligrosos?

—Su padre era un apasionado del conocimiento y un coleccionista. Además, nadie sabía que los tenía en su poder, ignoro cómo se enteraron.

—¿Y por qué quiere lord Brentley esos libros?

—No conozco a esa familia, señorita. Nunca los oí nombrar ni imaginaba que fueran amigos de su padre.

De pronto se le acercó y le entregó un pañuelo.

Ella lo miró y de pronto se dio cuenta que todo el tiempo habían estado hablando en inglés. Así que sabía hablar inglés y entendía todo perfectamente.

No dijo nada y abandonó la biblioteca pues no soportaba un momento más mirando ese caos.

Se habían llevado los libros y habían estado buscando en los que habían quedado. Lo hicieron con sigilo, nadie vio nada según supo su madre. Debieron acudir en la noche o en la madrugada.

—Iré a buscar sus libros, Monsieur—dijo luego.

No pensó que él quisiera acompañarla, pero lo hizo como si fuera su escolta. Resultaba desconcertante que un caballero de su alcurnia quisiera cuidar a una señorita inglesa como ella.

Apuró el paso inquieto y se encaminó a su habitación.

Temblaba al pensar que esas maletas pudieron llegar a manos de los Brentley o quien fuera que había entrado a robar ese día. No olvidaba que también habían estado en su habitación. ¿Sospecharían que los había escondido allí?

Abrió la puerta temblando, pero no encontró nada en desorden, al contrario, todo lucía pulcro y perfumado. Seguramente los criados habían dejado todo ordenado como antes pero no tuvieron tiempo de arreglar el caos de la biblioteca.

Entró confiada v y fue en busca de las maletas. ¿Las habría guardado su doncella? No podía recordar dónde estaban el día que debía partir con Brentley y en realidad no pudo saber si las había dejado en su dormitorio o en el carruaje. Luego Raymond le había pedido matrimonio y...

Buscó en el gran placar y debajo su cama.

Desesperada al ver que sus maletas no estaban tiró del cordel para llamar a su doncella. Si esos libros no aparecían el francés se enojaría, no, debía encontrarlos...

—Señorita Evie—dijo la doncella entrando en la habitación.

Ella la miró con desesperación.

—Las maletas, Lis, por favor. Las maletas que prepararon para mi viaje a Derby house. ¿Dónde están? ¿Recuerdas dónde las han guardado?

La doncella la miró ceñuda, no, no recordaba nada de unas maletas, pero...

De todas formas, se acercó ágil y delgadita y se metió sin esfuerzo en todos los rincones posibles para encontrarla. ¿El armario? ¿Bajo la cama?

—Es que cuando vinieron los ladrones señoritas entraron en su habitación, pero no faltaba nada creo, sin embargo, todo estaba revuelto.

—¿Y por qué entraron aquí? —quiso saber Evie.

La doncella se puso blanca.

—¿No lo sabe señorita, no se lo dijeron? —respondió.

—¿Decirme qué? No entiendo. Mi madre dijo que habían entrado en la casa a robar y que...

—La buscaban a usted señorita Evie, eran tres hombres muy malvados, entraron a su habitación con sigilo, pero al ver que estaba vacía buscaron en otras habitaciones y en la biblioteca. La señora Adams los vio y uno de ellos preguntó por la señorita Evelyn Gaveston. El ama de llaves gritó pidiendo ayuda y los hombres huyeron. Pero no se llevaron nada.

—¿Me buscaban a mí? —repitió atónita.

—Sí... pero nadie dijo que estaba usted en la mansión de su tío por supuesto.

—¿Y dónde rayos están las maletas que te pedí?

—¿Pero no se las llevó con usted ese día en el carruaje?

—Nunca llegué a entrar en al carruaje de los Brentley Lis, ¿acaso has olvidado que mi viaje fue suspendido?

—Sí, tal vez. Pero si es así preguntaré al cochero señorita, aguarde aquí—la doncella se alejó con prisa.

Afortunadamente el francés no estaba presente. No quería que supiera lo que estaba pasando, ni que viera que estaba al borde del colapso. Si esos libros no aparecían...

¿Por qué habían ido a buscarla? ¿Acaso sospechaban que ella podía saber dónde estaban esos manuscritos y planeaban hacerla confesar por la fuerza, serían tan desalmados para eso?

Siguió buscando en la habitación mientras aguardaba el regreso de la doncella con noticias de la maleta. ¿Y si se la había llevado Brentley?

No podía recordar con exactitud qué había pasado ese día con las maletas, todo había sido tan repentino y confuso.

Tuvo la sensación de que pasaba una eternidad hasta que vio a la doncella llegar con las manos vacías.

—Señorita Evie, lo siento, pero las maletas no están aquí. Acabo de preguntarle al señor Brandon y dijo que las dejó en casa de su tío ese día cuando supo que la boda se había suspendido y usted se quedaría en Rossen por unas semanas, las dejó con las demás.

Evie sintió que les volvía el alma a los pies.

—Bueno, entonces iré a buscarlas, pero debo avisarle al marqués.

La joven abandonó su habitación y regresó al salón principal dónde el marqués de Fontaine aguardaba impaciente.

Cuando supo del pequeño percance se puso muy serio.

—Qué descuido. ¿Y qué pensaba hacer usted con mis libros señorita? ¿Por qué iba a llevárselos ese día si no pensaba entregarlos a su pretendiente? —la acusó.

—Es que quería tenerlos cerca para luego enviárselos.

—¿Enviármelos? ¿Y cómo esperaba enviar seis a Francia? ¿Confía tanto en la oficina postal de su país?

—Usted me pidió que se los enviara, iba a hacerlo, pero es que cuando me escribió esa carta no había encontrado sus libros, los encontré casi por accidente.

—Bueno, no se inquiete. Envíe a sus criados a buscar las valijas que mencionó. Debe darles instrucciones precisas. Dos de mis empleados irán también para ayudar.

—Puedo ir personalmente y cerciorarme de que sean mis valijas, Monsieur.

—Oh no quiero causarle esas molestias. Quédese, necesito conversar con usted en privado mientras sus criados me traen los libros—dijo él.

A Evie le sorprendió que se mostrara tan comprensivo y despreocupado mientras sus criados iban a buscar las dos maletas, pero obedeció y se quedó sentada preguntándose qué era aquello de lo cual deseaba hablarle.

Nada más estar a solas el marqués la miró con fijeza.

—Vaya, cómo ha crecido usted desde la última vez que nos vimos, señorita Gaveston, entonces era una jovencita muy obcecada e inteligente, aunque ahora se ha convertido en una dama muy hermosa.

Ella asintió sin decir nada.

—¿Así que va a casarse con sir Chandler? Sin embargo, no tiene usted anillo de compromiso.

Evie pestañeó inquieta y lo miró un instante. ¿Cómo lo había sabido? Bueno, seguramente fue su madre.

—Es que todo fue muy repentino.

Se hizo un nuevo silencio hasta que él dijo:

—¿Y es tan osada o tan inocente de casarse con un caballero al que apenas conoce? Su padre no lo habría aprobado, él siempre quiso lo mejor para usted, señorita Evelyn.

La jovencita lo miró ceñuda.

—El señor Chandler es un caballero bueno y honesto. Dudo que mi padre, que en paz descanse, tuviera reservas al respecto y creo que sí lo habría aprobado.

—¿De veras? Bueno, si usted lo dice. Sin embargo, me parece precipitada su decisión de casarse para escapar de su nuevo tutor y su perverso hijo. Creo que no estaría a salvo de las personas despiadadas que entraron el otro día en Richmond house. Y cuando me lleve mis libros seguirán buscando y no podrá escapar de Brentley, ni de los demás.

—Pero ¿de qué habla Monsieur? ¿Quién son "ellos" y por qué me buscan a mí? ¿Qué sabe usted de todo eso, señor Fontaine?

—Señorita Evie, hay personas que anhelan conocer los secretos de esos libros y otros muy por el contrario desean destruirlos de una vez por todas. Quedan muy pocas copias de estos ejemplares en el mundo y contienen secretos de magia y hechicería y la verdadera historia del diablo contada por eruditos de la Edad Media. Algunos creen que no es más que una historia fabulada y apócrifa y sin embargo muchos anhelan tener esos libros tan valiosos. Para los amantes de los manuscritos del Medioevo estas son crónicas pintorescas y satíricas producto del delirio de un monje errante mal de la cabeza.

—Pero usted es católico ¿no es así? ¿Por qué querría leer y tener en su castillo un libro tan herético?

—Oh señorita Evie, esos libros muy valiosos para mí, libros que alguien hurtó de mi biblioteca y vendió a su padre a un precio risorio. Usted comprenderá que no podía explicarle eso por carta, no habría sido delicado.

—Pero mi padre era amigo suyo, él jamás habría aceptado comprar libros robados o...

—No lo sabía preciosa, lo supo en una de sus visitas a Chateaubriand bleu que vio la colección de manuscritos y le hablé de la irreparable pérdida que había sufrido. Temo que uno de mis amigos o parientes cercanos los tomó en algún descuido pues quién se lo vendió a su padre no era francés sino un coleccionista inglés arruinado. Esos libros rara vez son vendidos por quién los robó por una cuestión sencilla, desean borrar toda huella, pero en las primeras páginas está el sello de mi familia. Su padre dijo que viajaría con los libros, pero luego sufrió el ataque y no pudo realizar el viaje. Pensé en enviar a mis criados más leales a buscarlo, pero entonces ocurrió la tragedia y decidí esperar. Agradezco que ocultara y cuidara mis libros señorita Gaveston, ha sido muy valiente. Temo que no está tratando con personas educadas sino seres crueles y decididos. Casarse con Chandler no la mantendrá a salvo como sueña.

—Monsieur Fontaine, debo casarme. Mi padre sólo dejó deudas y una propiedad en Cumbria que necesita reparaciones y mi pobre madre debe hacer frente a la situación sin saber cómo, soportando el asedio de los abogados para que venda el castillo de Aberdeen. Disculpe mi franqueza, pero no le temo a esos coleccionistas locos, creo que no se atreverán a molestarme cuando me convierta en la esposa del señor Chandler.

—¿Eso cree, mademoiselle? —dijo él con una extraña sonrisa.

Evie se sonrojó al sentir la mirada del marqués. Él sostuvo su mirada y besó sus manos en un gesto galante.

—Es tan cándida mademoiselle, tan ingenua... ¿Cree que le preguntarán de buenas maneras si ha visto los libros del demonio o sabe dónde están? No... Le quitarán su ropa y luego desnuda la atarán a una silla, indefensa y asustada dirá mi nombre y también todas las señas para encontrarme. Odiaría que sufriera tales indignidades por mi culpa. Usted ha sido muy buena y leal al conservar y esconder mis libros, realmente me siento en deuda con usted. Quisiera poder brindarle un escape seguro.

—Pero no es necesario. Creo que exagera, sólo escondí los libros porque recibí su carta y pensé que era lo más justo. Si son suyos debe recuperarlos. En cuanto a lo demás, agradezco su ayuda, pero estaré bien. El señor Chandler es un buen hombre y ...

—El señor Chandler es un caballero inglés gordo y tonto, no podrá defenderla de esos demonios—replicó airado el francés, sus ojos echaban chispas— ¿es que no entiende? Usted corre peligro y necesita alejarse de este país, hacer un viaje al extranjero, a un lugar dónde nadie la encontrará. Que esos malnacidos sigan buscando los libros, pero usted señorita debe estar a salvo y me siento obligado a ayudarla. Temo que soy responsable de su bienestar primero para honrar mi amistad con su padre y luego porque esos libros me pertenecen y usted me ha ayudado a recuperarlos. ¿Qué clase de ser insensible le daría las gracias por su excelente labor y la dejaría librada a su suerte?

—Monsieur Fontaine, me abruma usted, pero le ruego que no se precipite. Rezo para que esos libros estén en casa de mi tío, aún no han llegado con las maletas sus criados.

—Pues piense en lo que le he dicho señorita, déjeme ayudarla. No se precipite a un matrimonio que no le ofrecerá la protección especial que necesita ahora.

Mientras decía estas palabras llegaron los criados con las dos maletas.

—Aguarde señorita Gaveston, vayamos a un lugar más privado—le pidió.

Lo notó raro, tenso y de pronto recordó que todo era un secreto: los libros y también el nombre de su legítimo dueño.

—Disculpe...—murmuró y le pidió a su criada que se retirara.

Fueron hasta la sala de música. Cerraron las puertas y luego la joven abrió una de las maletas y sólo encontró sus vestidos y algunos libros valiosos. Siguió buscando, pero no vio los libros del marqués y sintió deseos de gritar.

—Calma mademoiselle, ya aparecerán—dijo Fontaine.

Evie abrió la otra maleta sin demora. Uno, dos, tres broches, cierres y de pronto solo vio más vestidos, enaguas y blusas, sombreros.

Ruborizada, Evie se apuró a esconder sus prendas más íntimas, y siguió buscando. Todo parecía estar intacto, nadie las había abierto y eso era bueno, pero ¿dónde demonios estaban los libros que había escondido con tanto sigilo?

De pronto sintió algo duro en el fondo de la maleta y tuvo que quitar los vestidos para ver si eran los libros.

Oh, allí estaban los siete manuscritos. Intactos. Envueltos en un papel de seda. ¡Qué alivio!

Miró al marqués y se los entregó.

Él la miró con intensidad mientras examinaba uno a uno los manuscritos.

Evie se apresuró a guardar todo en su maleta. ¿Qué haría con ellas? Tal vez regresar a casa de su tío. Si iba a casarse con Chandler necesitaría ropa más elegante. Tal vez fuera necesaria otra maleta.

Fue hasta la puerta y tiró del cordel para llamar a una camarera.

Esta llegó con cierto retraso mirándola con ansiedad.

—Daisy por favor, prepara una maleta con mis vestidos más bonitos, los de etiqueta, regresaré en una hora para la mansión de Rossen—dijo.

El marqués parecía ensimismado mirando sus libros, ojeándolos totalmente abstraído.

Evie pensó que ahora podría dormir tranquila y olvidar todo ese asunto de los libros secretos.

—Señor Fontaine, lo siento, pero debo regresar en una hora a la mansión de mi tío—dijo entonces.

Él la miró con fijeza, pero su mirada era alegre y soñadora.

—Mil gracias por cuidar mis libros señorita, me siento realmente en deuda con usted—declaró galante.

—OH, no es nada. Mi padre así lo hubiera querido y me alegra que llegaran a las manos de su legítimo dueño. Ahora debo irme.

—Aguarde no se vaya todavía. Piense en lo que le he dicho por favor, si acepta mi ayuda la llevaré conmigo a Francia y estará a salvo.

Evie lo miró entre incrédula y espantada.

—Perdón, no comprendo lo que desea decirme. ¿Ha dicho viajar con usted a Francia? —replicó.

—Sí... estaría bajo mi protección un tiempo, hasta que todo este asunto se olvide y luego... prometo que podrá regresar y casarse con su novio el señor Chandler.

La jovencita lo miró inquieta.

—Es que no puedo viajar ahora, voy a casarme con el señor Chandler y si me voy creerá que cambié de parecer y no tuve la honestidad de decírselo.

—Vaya, parece usted muy decidida a casarse con su caballero inglés. ¿Acaso se ha enamorado de él?

Esa pregunta tan indiscreta la hizo enrojecer y balbucear: "oh, ¿qué dice usted Monsieur?

—Disculpe si la he ofendido mademoiselle al hacerle una pregunta tan indiscreta. Me sorprende que esté tan decidida a casarse cuando no es más que un capullo en flor. ¿Qué edad tiene ahora mademoiselle Evie?

—Diecinueve—respondió ella.

—Oh, diecinueve, se ve tan tierna, tan cándida, pensé que tenía diecisiete a lo sumo. ¿Y qué edad tiene su prometido?

Evie se sonrojó intensamente.

—Veintinueve—respondió.

—Oh vaya, el inglés tiene dos años más que yo, es casi un anciano—opinó el marqués mientras guardaba cuidadosamente los libros.

La joven pensó que era el momento de marcharse.

No quería quedarse a solas en esa habitación con el francés, no era tan cándida como él creía, recordaba bien la fama de seductor y su afición a correr tras las faldas en Chateaubriand. Su invitación a ir al castillo para ponerla a salvo de los malvados que buscaban su manuscrito podría tener otra intención non santa. Embaucarla. Seducirla y convertirla en su amante. Dejarla preñada como le ocurrió a su prima y entonces, tal vez le buscara un marido francés como acostumbraban a hacer los nobles de ese país. Lo sabía por su madre que estaba muy al tanto de las hazañas de los nobles de Francia.

Evie se sintió espantada de que eso pudiera pasarle.

—Discúlpeme por favor, pero debo regresar a Rossen ahora—tuvo la sensación de que era como la tercera o cuarta vez que lo decía.

Él la miró con fijeza.

—Oh, aguarde, yo la llevaré—insistió el caballero.

Pero ella se mantuvo firme.

—No quiero causarle molestias.

—Pero no es ninguna molestia para mí, al contrario, cuidarla es un placer mademoiselle. Me siento muy en deuda con usted.

—No diga eso.

Él ignoró su comentario y habló en francés con sus criados mientras les entregaba los libros.

Luego la miró y le dijo:

—Acompáñeme por favor. La llevaré a Rossen ahora.

Evie lo siguió temblando. Pensó que no cumpliría su promesa y que podía raptarla y por eso, cuando entró en el carruaje con sus maletas se sintió tan nerviosa que no reconoció el camino.

Y poco después dijo muy nerviosa:

—¿Dónde me lleva, Monsieur? Ese no es el camino a Rossen.

El marqués le dirigió una mirada curiosa y una sonrisa traviesa.

—Oh vaya, ¿teme que esté raptándola mademoiselle Evie?

Ella no se atrevió a confirmar sus peores sospechas, pero estaba al borde de las lágrimas.

—Cálmese, por favor señorita Evie, soy un caballero, jamás cometería un acto tan ruin como raptar a una jovencita que desea casarse con su novio inglés—respondió.

Ella no le creyó ni una palabra y vio con espanto cómo el carruaje partía a toda velocidad con rumbo desconocido, sus ojos no se apartaban de la ventanilla al tiempo que sentía su mirada apasionada traspasarle como una daga.

La miraba con deseo sin decir una palabra, pero sin quitarle los ojos de encima. Se sintió tan rara, tan incómoda y agitada a la vez. Debía reconocer que la posibilidad de ser raptada por ese francés la asustaba, pero también la seducía, no podía negarlo.

Tuvo la sensación de que pasaba una eternidad hasta que el carruaje se detenía y veía la mansión de su tío en todo su esplendor a la distancia. Rossen Manor. Vaya, nunca había estado tan feliz de volver a verla.

Entonces el marqués de Fontaine dijo una de esas frases en francés mientras se le escapaba una risa. ¡Era un malvado! Había estado disfrutando su terror a cada momento sólo para ponerla nerviosa.

Tomó sus maletas y se despidió de forma muy formal y escueta. Casi saltó del carruaje por temor a que el vehículo siguiera la marcha.

Su madre aguardaba impaciente en la puerta.

—Oh Evie, regresaste. Qué felicidad. Pensé que ese caballero no me gusta nada querida y mi hermano estaba tan furioso. Dijo que no debí permitir que fueras sola con ese aristócrata de tan mala reputación—dijo nerviosa.

—Entonces, ¿le entregaste sus libros? —preguntó su tío entrando en el hall.

—Sí.

—Pues donde demorara un poco más en traerte iba a ir a buscarte personalmente mi querida sobrina. No sé cómo pudieron dejarte ir sola. Debiste ser acompañada por algún criado de Rossen.

Evie suspiró aliviada. Estaba a salvo.

Sin embargo, la sensación de inquietud la acompañó ese día y los siguientes. No podía explicarlo, pero saber que gente desconocida la buscaba la hizo sentir intranquila. Ya no tenía los libros ni diría jamás que los había entregado al marqués.

Pero también él estaba en sus pensamientos.

No podía dejar de pensar en ese encuentro, en el momento que conversaron en la sala de música. Guapo y encantador, seductor y jovial. Sus ojos la habían mirado con interés y deseo.

No le sorprendía pues casi la había mirado de la misma forma cuando tenía quince años y era casi una niña. Aunque en su país las muchachas se casaban muy jóvenes, tanta admiración la había turbado entonces y ahora, casi no podía conciliar el sueño esa noche. No dejaba de pensar en él

****

A la mañana siguiente su madre la despertó muy contenta.

—Evie, levántate, vamos, despierta por favor. Está aquí. Raymond Chandler. Hijita. Y trac la carta y está hablando con tu tío porque—su madre hablaba sin parar, tanto que la joven saltó de la cama aturdida.

—Oh Evie, quiere llevarte con él... cuando supo que habían robado en Richmond... Pues dijo que no es seguro que regreses allí.

—¿Y le hablaste del francés, mami? —preguntó Evie como si eso fuera un pecado mortal.

—Oh no... por supuesto que no. Ni tú lo hagas querida... Sabes que no queda bien que una joven soltera se vea a solas con un marqués de mala reputación como ese. Dios santo, ¿en qué estaba pensando? Ese hombre es el diablo Evie, tiene algo que, fue tan envolvente y engatusador... Debe tener algo que obliga a la gente a hacer cosas malas. Ya ocurrió antes que... no lo recuerdo bien pero tu padre me contó una historia—lady Rose se interrumpió pues otra idea en la cabeza ganaba terreno y mirando a su hija con fijeza le rogó que se apresurara.

—No hagas esperar a tu marido por favor.

La joven miró a su madre espantada.

—Mami, todavía no es mi esposo.

—Pero lo será muy pronto, está muy ansioso. Es un caballero de mucho carácter y ay, es que no puedo creerlo. Todos nuestros problemas van a solucionarse. Seguro que mi amado Henry tuvo algo que ver con esto. OH Evie... Ha hablado con mi hermano y prometió que pagará todas nuestras deudas, lo hará.

Evie se sintió avergonzada de eso. Luego se preguntó si el marqués habría regresado a Francia con los libros.

Pensaba tanto en él que casi había olvidado su rostro y recordó lo que acababa de decir su madre. ¿Realmente sería el marqués un demonio por eso tentaba a las personas a hacer cosas malas?

Apenas pudo desayunar jamón y un poco de pan con queso ese día, su madre no la dejó comer más. Ahora empezaba a decirle que cuidara su talle para su vestido de novia. Los talles menudos estaban muy de moda y el suyo lo era, pero... Al parecer su madre pensaba que se le echaría a perder en poco tiempo si no se cuidaba con las golosinas y los pasteles que comía en las tardes a la hora del té.

—Vamos Evie, apresúrate, ve a verle. Chandler te espera en la biblioteca—le avisó.

Evie fue a reunirse con su prometido en la biblioteca y lo encontró muy serio y frío, más que antes, pero algo en su mirada cambió al verla.

—Señorita Evie—dijo y besó su mano despacio—¿Cómo está usted? Me afectó mucho saber lo ocurrido en Richmond. Estoy muy apenado por eso deseaba hablar con usted en privado por favor.

Ella asintió con expresión distante.

Él parecía algo incómodo y Evie se preguntó si era timidez o temor a estar tomando la decisión equivocada pues cuando le dijo con un montón de rodeos que pensaba que podían casarse al día siguiente lo vio ponerse algo tenso.

—Mi principal preocupación es ponerla a salvo de todo esto señorita Evie, temo que se encuentre en peligro de que quienes buscan los manuscritos quieran atraparla para sonsacar una información que imagino usted no posee.

—Le agradezco mucho señor Chandler.

—Oh por favor, llámeme Raymond señorita.

Ella sonrió con timidez y él la miró completamente embobado.

—Por supuesto que acepto, sólo me preguntaba si sería posible casarse con tanta prisa.

Él sonrió aliviado, ¿acaso temía que dijera que no? Había prometido ser su esposa y jamás faltaría a una promesa tan seria como esa.

—Eso no sería problema señorita Evie, pero nos casaremos en la Iglesia de Plymouth. Conozco al vicario y es un hombre bueno y razonable. Pero nuestra boda deberá ser secreta. Nadie debe saber que se celebrará allí, temo que sir Brentley haga algo para impedirla, no puede hacerlo, pero... durante un tiempo deberemos recluirnos en Cleveland. Temo que será duro para una jovencita como usted prescindir de fiestas y reuniones, pero es el lugar más seguro y aislado pues está rodeado de una ciénaga que hace imposible el acceso si no se conoce la ruta secreta del bosque. Durante la noche queda completamente aislado al subir la marea y luego hasta el mediodía es imposible llegar. Es una propiedad solitaria y algo sombría, pero comprendo que en su situación señorita Evie, es lo mejor.

Ella se estremeció al pensar que viviría en medio de una ciénaga y preguntó qué clase de hogar sería, no estaba acostumbrada a estar rodeada de lodo ni tampoco...

—¿Es necesario ir a Cleveland, señor Chandler? —balbuceó.

—Me temo que sí, pero serán solo unos meses. Es que he estado investigando a la familia Brentley y lo que descubrí es muy oscuro y siniestro. Tengo fuertes razones para creer que no planeaban una boda sino retenerla en Derby house como su prisionera hasta que dijera todo lo que sabía sobre esos libros diabólicos.

Evie palideció.

—Andrew siempre ha sido un joven dado a los placeres, totalmente irresponsable e indolente. Me sorprendió saber que planeaba casarse con usted y según averiguó un investigador que contraté él estaba comprometido con otra joven de Londres, así que no la llevaba a usted porque pensara desposarla sino para interrogarla. Su padre está furioso pues la alegría de haberle robado los libros de su padre le duró muy poco al comprender que los manuscritos oscuros que buscaba no están entre los demás libros. Por eso regresaron a Richmond y lo harán de nuevo. Señorita Evie, por favor, dígame ¿qué hizo con esos libros?

Ella se sonrojó incómoda ante esa pregunta. Recordó que fue Raymond quién descubrió esos libros en la biblioteca de su padre.

—Señor Chandler, esos libros pertenecían a un amigo de mi padre y él me los reclamó en una carta. Y yo se los entregué, los escondí y luego se los di a su legítimo dueño porque así lo habría querido mi padre. No puedo revelar su nombre, di mi palabra de que no lo diría a nadie, pero están a salvo.

Esas palabras inquietaron mucho a Raymond.

—No sabía que pertenecían a un amigo de su padre, pensé que... Ha sido muy valiente señorita, pero creo que no fue una decisión acertada, ahora están buscando esos libros y averiguarán que no los tiene en Richmond y querrán saber qué hizo con ellos. ¿Cuándo los entregó usted?

—Hace tiempo lo hice—mintió ella sin dar más detalles.

Chandler estaba muy serio.

—Comprendo.

—Pero, ¿cómo sabían que estaban en Richmond, ¿quién les dijo a los Brentley?

—Supongo que fueron sus espías. Esa familia esconde secretos siniestros y tal vez tenían espías en su casa. En Richmond. Alguien pudo entrar e intentar buscar los libros.

—¿Y por qué quieren tener los libros?

Chandler la miró muy serio.

—Son coleccionistas, tal vez crea que eso no amerita que cometan actos tan vándalos, pero sospecho que lord Brentley está mal de la cabeza y utiliza a su hijo para sus fines. Fue un ardid muy ingenioso inventar lo del testamento y demás, debió pensar que todo saldría perfecto. Y ahora que arruiné sus planes he decidido llevarla a Cleveland. Allí estará a salvo. Como mi esposa, ellos no podrán hacerle ningún daño y si acaso se atreven a acercarse a Cleveland morirán ahogados, enterrados en sus lodosas aguas.

Evie se sintió angustiada al pensar en su nuevo hogar, el mar la asustaba, las ciénagas pantanosas también. Lo imaginaba como un castillo siniestro en lo alto de una colina y rodeado de agua, un lugar sórdido, oscuro y tenebroso lleno de fantasmas.

La voz de su prometido le provocó un sobresalto.

—Señorita Evie, ha sido usted muy valiente y leal con el amigo de su padre, pero temo que no fue buena idea que le entregara esos libros.

Ella lo miró espantada. ¿Por qué decía eso?

—Señor Chandler, era mi deber, mi padre así lo hubiera querido, él deseaba devolver esos libros a su dueño, este se los prestó hace tiempo y...—Evie calló al comprender que estaba hablando demasiado, si se descuidaba terminaría delatando al marqués de Fontaine y no debía hacerlo.

—Señorita Evie, esos libros no son simples manuscritos de magia negra medieval y me pregunto cómo es que un caballero le reclamó esos libros si durante cientos de años los mismos han estado escondidos del mundo. Ese no puede ser su dueño, la ha engañado. Pero eso no es su culpa por supuesto, usted no podía imaginarlo.

—¿Pero ¿cómo es que supo todo eso, señor Chandler?

—Es que mi padre era un erudito como lo fue el suyo señorita Evie, y cuando encontré esos libros en la biblioteca de Richmond recordé una conversación que tuvimos hace años sobre esos libros. Él los buscó durante años y luego pensó que eran una fábula, libros que personas dicen que existen, pero en realidad nadie los ha visto por lo que te hace dudar de su veracidad. Ediciones viejas, libros secretos que sólo la iglesia católica tiene en su poder... pero nadie sabe si eso es verdad. Forman parte de la mística de los libros secretos y prohibidos. Mi padre sabía de la existencia de esos manuscritos antiguos, pero ignoraba por completo la veracidad de estos, en una ocasión un librero intentó estafarle enseñándole un libro similar al que vi en su biblioteca. Él sospechó por el color del papel, se veía muy nuevo para ser un manuscrito antiguo y cuando quiso investigar el hombre se negó a entregarle el ejemplar, argumentó que lo había vendido.

Evie sabía que el francés era el dueño de esos ejemplares y no le incumbía investigar si era un coleccionista o su interés era meramente intelectual. No volvería a verle, ella había entregado los libros y ahora...

Se iría a vivir a una mansión oscura rodeada por una ciénaga.

Pensar en eso le provocaba tanto espanto y no podía entender que fuera para protegerla.

Y saber que debían partir luego de la boda a Cleveland, fue demasiado. ¿A qué horrible lugar la llevaría Chandler?

Cuando poco después se despidieron sintió deseos de escapar como nunca antes, pero escapar era para ella una palabra que expresaba el sentimiento de desconcierto y desesperación, no era real. Pues pronto llegó a la conclusión de que no tenía a dónde ir y que Chandler le ofrecía un refugio para estar a salvo de esos seres malignos que buscaban la colección de libros y que aún creían estaban en su poder.

Un carruaje espera

Hacía días que Evie tenía la sensación de que alguien seguía sus pasos, era una tontería por supuesto, pero era una sensación inquietante que la mantenía alerta ante el peligro. ¿Cuál peligro? ¿Un manuscrito diabólico? Pues ya no estaba en su poder, pero no podía decirlo por supuesto, era un secreto. Se preguntó si el conde francés estaría feliz al tenerlo en su colección y si realmente había hecho bien al entregarle esos libros. Sin embargo, sabía que había hecho lo correcto pues no quería tener a ese francés persiguiéndola el resto de su vida para que le entregara los manuscritos.

¿Y era preferible vivir en el medio de una ciénaga aislada del mundo porque su prometido lo creía correcto?

"Es lo mejor Evie, lo mejor para ti, debes estar a salvo" le había dicho su madre. Para ella todo se resolvería luego de la boda y lo único que la disgustaba era que no fuera una boda por todo lo alto como soñaba, sino que fuera una boda casi secreta en Plymouth para evitar que los Brentley quisieran impedirlo.

La joven sabía que no tenía otras opciones, pero... ¿por qué sentía entonces tanto miedo por el futuro?

Llegó el día de su boda y al ver el cielo gris y el frío de la habitación tiritó.

—Evie, despierta, es el día de tu boda, vamos, hay mucho para hacer pequeña holgazana—la retó su madre.

La joven se incorporó inquieta.

Tenía mucho para hacer eso era cierto. Debía partir a medio día, Chandler iría a buscarla en su carruaje y luego harían un viaje en tren. Su madre iría con su tío y sus primas en otro carruaje. Así que corrió a desayunar y luego sus dos criadas la ayudaron a bañarse.

El peinado fue lo que más tardó.

Evie estaba más pendiente de las nubes grises que lentamente se oscurecían.

—Pudo hacer un día mejor—se quejó.

—Oh señorita no se inquiete, ya mejorará—le dijo una de sus criadas para animarla.

La jovencita pensó que el tiempo era una de las cosas más imprevisibles que no mejoraban por más voluntad que una le pusiera.

Se miró en el espejo cuando el peinado estuvo terminado. Un moño en lo alto con unos bucles enmarcando su rostro oval no le parecía lo más acertado.

—Oh está muy hermosa, señorita Evie—dijo una de las doncellas.

—Por supuesto que sí.

—Ay Evie, quisiera que te casaras aquí—dijo su madre acercándose por el espejo.

—Mami, eso no puede ser y lo sabes.

—Rossen es un sitio magnífico para una boda, aunque ahora está casi vacío, tu tío insistió en partir a primera hora con sus hijas y su esposa para ganar tiempo dijo.

—¿Se han ido? —preguntó Evie inquieta.

—Pues sí... tenían prisa.

De pronto se oyeron las diez campanadas.

—Evie, apresúrate. Chandler vendrá a buscarte. Iré a ver que estén todas tus maletas en el carruaje.

La joven suspiró y no se movió.

Cleveland. Una mansión oscura y siniestra sería su hogar y hacia allí irían de recién casados. No hubo manera de convencer a su prometido.

A solas con su habitación se sintió aterrada.

No quería esa boda, tenía un extraño presentimiento, quería escapar. Pero no tenía a dónde.

Demonios, no podía dejar de pensar en el francés, ¿podría olvidar ese encuentro y dejar atrás esos pensamientos que tanto la atormentaban? Llevaba días sin dormir, no había dejado de pensar en él.

Necesitaba caminar. No podía estar quieta en esa habitación esperando su llegada.

—Señorita Evie, ¿a dónde va? —preguntó una de sus doncellas.

No le respondió y siguió de largo mientras sujetaba la falda de su vestido blanco para no mancharla.

Abrió la puerta que conducía a la puerta principal y aguardó inquieta la llegada de su prometido. Luego pensó que era una tonta por quedarse allí parada y fue a dar un paseo por los jardines. Estaba nerviosa y no podía contenerse.

Ese día gris y plomizo no ayudaba demasiado, y había un viento que lo volaba todo y de pronto se sintió insegura mientras recorría los jardines. ¿Haría bien en casarse? ¿Era lo que realmente deseaba su corazón?

"¡Evie! Evie" gritó una voz en el viento.

Alzó la mirada, pero no vio a nadie, sin embargo, notó los nubarrones oscuros que hacía un momento no estaban allí, estaba segura de ella, pero, tal vez estaba demasiado distraída para reparar en la tormenta que se estaba gestando. Esas nubes plomizas y el viento parecían haber salido de la nada.

—Evie, ven por favor—gritaba su madre a la distancia.

Ella corrió a su encuentro alarmada, era el día de su boda y no podía perder tiempo.

—¿Qué ocurre, madre? —le preguntó.

Y mientras corría a su encuentro vio el carruaje conducido por caballos negros que parecía haber salido de la oscuridad de la tormenta, briosos palafrenes resoplando a gran velocidad mientras su cochero los hostigaba furioso con un látigo.

De pronto el jinete que conducía la diligencia quedó envuelto en la polvareda y oscuridad que él mismo había levantado por su prisa y tuvo un mal presentimiento.

¿Acaso ese carruaje era de su prometido y había decidido a último momento suspender la boda?

—Evie! Evie, ven aquí—dijo una voz.

Era su madre que corría hacia la casa como si quisiera advertirle algo.

El carruaje se detuvo frente a la mansión y los sirvientes fueron a recibirle.

—Evie, es el día de tu boda, ¿qué hacéis aquí vestida de novia? —protestó su madre.

Evelyn no supo qué decir, estaba muy aturdida ese día y ahora intrigada por el extraño carruaje que llegaba a la mansión.

—Daos prisa, vuestro cabello no está listo. Todavía no tenéis puesta la toca de tul, ve a arreglarte por favor.

Antes de que pudiera hacerlo se presentó la señora Eddie, ama de llaves con semblante torvo como de costumbre, pero con cierto brillo en sus ojos que llamó su atención.

—Señorita Gaveston, disculpe por favor, sé que es el día de su boda, pero hay un caballero que ha hecho un viaje muy largo para hablar con usted y me ha rogado verla un momento.

—¿Pero no comprendo, acaso es un pariente lejano? ¿No ha dado su nombre? —preguntó lady Rose furiosa.

—Sí, es Monsieur Philippe de Fontaine, dijo ser amigo de su padre señorita.

Evie parpadeó inquieta ante la mirada fija del ama de llaves.

—Esto es muy irregular señora Eddie, que el día de la boda de mi hija este caballero se presente aquí con la urgencia de hablarle. Me temo que no será posible bajo ningún punto de vista—intervino Lady Rose.

La dama estaba muy enfadada y no notó que su hija se alejaba sin hacer ruido rumbo al salón principal en busca del marqués.

Evie lo encontró en el salón principal y su imagen hizo palpitar su corazón como la primera vez. El día de su boda. ¡Qué cruel era! Su boda concertada, el amable señor Chandler y él... Con su porte regio y noble, sus ojos oscuros y ese donaire inconfundible. Mucho más guapo y seductor de lo que recordaba, allí estaba mirándola con una sonrisa y esa mirada la hacía temblar. Porque sus ojos parecían decirle lo hermosa que estaba. Su mirada era una caricia apasionada y sensual que logró hacerla sonrojar y apartar los ojos.

—Monsieur Fontaine, no lo esperaba hoy.

Él la saludó en francés.

—Bueno, he llegado a tiempo me parece. Y déjeme felicitarla pues es la novia más hermosa que he visto en mi vida señorita Evie—le dijo en inglés.

—¿Dijo que necesitaba verme? —replicó la joven incómoda.

Él asintió.

—Lamento ser tan inoportuno, y no deseo robarle su tiempo en un día tan especial, pero he traído uno de los libros que me entregó para enseñarle algo importante. Una carta dirigida a usted que encontré mientras leía uno de los manuscritos—dijo y sacó de su largo gabán el libro en cuestión.

Ella dio unos pasos interesada.

—¿Una carta para mí, Monsieur?

—Es una carta de su padre señorita, discúlpeme, pero la leí por error pensando que tal vez fuera alguna anotación del manuscrito y luego comprendí que estaba dirigida a usted y era muy importante que se la entregara.

De pronto lo vio buscar en sus bolsillos con expresión perpleja.

—Lo lamento, creo que lo dejé en el carruaje... ¿podría acompañarme hasta allí por favor para que se la entregue? No deseo hacerle perder más tiempo.

Evie no protestó, de pronto pensó que su boda no significaba nada en esos momentos y habría tardado el tiempo necesario para tener esa carta. Y también para estar a su lado una última vez...

—¡Evie! —la llamó su madre con inquietud.

La jovencita frunció el ceño molesto, ¿por qué su madre debía seguirla a todas partes como un perro guardián? Sólo iría hasta el carruaje del caballero para tener la carta.

Él sonrió al verla ceñuda.

—Su madre no confía en mí, ¿no es así? Y temo que desaprobaría que hiciera algo tan inocente como acompañarme hasta la diligencia—dijo el marqués y sus ojos volvieron a mirarla de esa forma que tanto la incomodaba.

Evie levantó su falda al llegar a los jardines casi por costumbre, porque sabía que su madre la retaría si llegaba a ensuciar los ruedos del vestido de novia.

Pero entonces algo llamó su atención. El cielo se había cubierto de nubarrones grises y oscuros y parecía media tarde y no eran más de las once, eso no era bueno y lo sabía. Llovería el día de su boda y eso no era todo, le pareció escuchar truenos.

—Por aquí señorita Evie, apresúrese—le dijo él.

Ella lo siguió inquieta.

Ese tiempo arruinaría el banquete, la fiesta y su vestido. Llegaría a la mansión de su prometido entre truenos y centellas. Sería un desastre, estaba segura de ello. Justo el día de su boda...

Atravesaron los jardines con prisa y entonces la joven divisó el carruaje negro que había visto minutos antes por el camino de grava. Los caballos parecían nerviosos y no hacían más que mover la cabeza mientras que su cochero llevaba el rostro cubierto por un sombrero y una larga capa de paño y se veía misterioso mientras les abría la puerta del lujoso vehículo.

El marqués se detuvo y tomó su mano para ayudarla a entrar. Evie se dejó llevar al interior preguntándose por qué no habría ido solo a buscar la carta.

Nada más entrar la puerta del carruaje este se cerró con fuerza y sintió que el marqués la atrapaba entre sus brazos mientras la obligaba a sentarse.

—No grite señorita Evie, no voy a hacerle daño.

Evie comprendió lo que estaba ocurriendo en el mismo instante en que el carruaje comenzó a moverse y el marqués la retuvo para que no cayera.

—¿Qué está haciendo, señor Fontaine? ¿Acaso se ha vuelto loco?

La joven quiso gritar, pero no se atrevió. Forcejearon y Evelyn lloró mientras intentaba liberarse de esos brazos que la mantenían sujeta como si fueran cadenas, no, no podía soltarse ni tampoco gritar, estaba aterrada.

—Lamento esto señorita Evie, pero si la libero ahora temo que pueda abrir el carruaje y hacer una locura. No tema, pronto llegaremos al muelle.

Evie secó sus lágrimas y quiso apartarlo, pero no pudo, estaban muy cerca, abrazados y temía que fuera a besarla o hacerle algo peor.

—Por favor, no me haga daño... ¿qué quiere de mí? Ya tiene todos sus libros. Se los di—protestó mientras intentaba conservar la calma.

Él la miró con una sonrisa enigmática.

—No podía irme sin usted, esa nunca fue mi idea. No sólo vine a buscar los libros, vine a buscarla a usted señorita Gaveston.

—¿A mí? —repitió ella temblando.

—Sí, a usted—le respondió mirándola con intensidad.

Evelyn comprendió que esa carta había sido un señuelo.

—Me engañó ¿verdad? La historia de que encontró una carta de mi padre en uno de sus libros es falsa. No existe tal carta.

—Bueno, en realidad sí existe, pero olvidé traerla. Le digo la verdad. Creo que está en mi equipaje, pero ahora no puedo buscarla, lo haré luego.

—¿A dónde me lleva?

—A Chateaubriand bleu preciosa, su nuevo hogar. Allí estará a salvo usted y mi secreto.

—¿Su secreto? ¿De qué habla?

—La buscan señorita, nunca dejarán de hacerlo, querrán saber qué hizo con los libros que obraban en su poder. ¿Cree que casarse con ese remilgado inglés la pondría a salvo? Se equivoca. Ahora tranquilícese, no deseo usar la fuerza con una dama, por favor. Acéptelo. ¿Creo que siempre lo sospechó no es así? Sabía que vendría a buscarla un día.

—No, jamás imaginé que haría esto. Y no puede llevarme por la fuerza con la excusa de que estaré a salvo de los coleccionistas.

—Me temo que lo haré. Es mi deber para con su padre, una promesa que le hice años.

—¿Una promesa?

—Mademoiselle, han intentado raptarla, los Brentley querían llevarla a Londres, luego robaron su biblioteca ¿qué cree que le pasará si no la llevo lejos de aquí? No tendrán piedad de usted, se lo aseguro, pero no tema, le he dejado una carta a su madre explicándole las razones de este rapto. Espero lo entienda y guarde silencio, por su seguridad. Ahora le ruego que se tranquilice o deberé atarla. El carruaje va a mucha velocidad y si intenta escapar caería al vacío y se mataría. No deseo que eso ocurra.

Al ver que sacaba unas cuerdas de su abrigo tembló.

—No, por favor, no me ate señor Fontaine, no lo haga, prometo que no intentaré escapar, ni gritaré.

Él se detuvo y miró sus labios.

—¿Debería confiar en una damita con cara de ángel y esencia de demonio? No os creo. Sois una dama fuerte y obstinada, me lo habéis demostrado al conservar en secreto el manuscrito del diablo—dijo mientras soltaba las cuerdas y se quitaba la corbata para atar sus manos al asiento.

Agnes lloró al quedarse amarrada al asiento, estaba asustada pero también furiosa.

—No puedo creer que esté haciendo esto, usted no es un caballero Monsieur.

—Lo lamento hermosa, de veras que sí... Habría querido que fuera de otra forma, pero el tiempo apremia y el peligro también, usted está en peligro y debo actuar con premura por su propio bien.

Se hizo un incómodo silencio mientras el carruaje seguía avanzando y ella luchaba por quitarse la corbata que la mantenía atada a esa silla.

—¿Lo ve? Está luchando por quitarse las sogas ahora y si me descuido intentará escapar.

—¿Y qué espera qué haga? Por favor... mi prometido comenzará a buscarme y él nunca permitirá esto. Y cuando descubra que usted me raptó vendrá a buscarme. Todos lo vieron llegar a la mansión, darán la voz de alarma.

—Su prometido, el señor Chandler es lo que menos me preocupa ahora, señorita. Además, un antepasado mío también raptó a una damisela que se negaba a convertirse en su amante, estaba prometida a un lord inglés... y como ella lo enamoró y luego lo rechazó él decidió vengarse y la raptó el día de su boda. Lo hizo. Su prometido quiso impedirlo y él que era muy bueno con su espada le cortó la cabeza regando su sangre el vestido de la novia. Afortunadamente no tuve que matar a nadie, debería sentirse feliz de que pude raptarla sin tener que cometer ningún crimen.

—¿Y qué ocurrió con esa dama raptada? —quiso saber Evie.

—Bueno, creo que se rindió al marqués en muy poco tiempo y vivió durante muchos años en el Chateau escondida, como su segunda esposa. Hasta que murió la primera y pudieron casarse.

Ella tembló al comprender sus razones. La forma en que la miraba, la locura que estaba cometiendo, él como su ancestro quería llevarla a su castillo para convertirla en su amante, no la engañaba, la excusa de que lo hacía para protegerla era un completo embuste. Pues no lo conseguiría. Desde que era una jovencita de quince años ese hombre la miraba con deseo, como mira un hombre a una mujer que le gusta y ahora planeaba convertirla en su amante, a escondidas de su esposa...

Estaba demasiado horrorizada para decir palabra, no, no iría con él. No lo haría. No la tocaría ni la sometería a los salvajes deseos de su lascivia.

Siguió luchando por liberar sus manos hasta que quedó exhausta. Entonces sintió los truenos y la lluvia golpear el vehículo con furia.

—¡Demonios! —dijo el marqués—Bonito día eligió usted para casarse, señorita Evie. Realmente dudo que su boda fuera a celebrarse. Maldita tormenta.

—Por favor... aún está a tiempo de llevarme de regreso a casa de mi tío, no diré nada de esto. Tiene mi palabra Monsieur Fontaine.

Él la miró con fijeza.

—Tal vez no comprenda mis razones y piense que obro por un impulso romántico y desesperado. Pero no es así. Y estoy decidido a llevármela y nada me hará cambiar de idea. Pero cuando lleguemos al castillo leerá la carta y entenderá muchas cosas. Ahora no intente escapar, no grite ni haga ninguna locura o deberé castigarla y no deseo hacerlo.

—No iré con usted, no puede llevarme como si fuera su esclava señor Fontaine. ¿Cómo puede hacer esto? Mi padre confiaba en usted, era su amigo...

Su mirada cambió, se tornó oscura y enigmática.

—Vuestra vida me pertenece ahora en pago de una deuda que contrajo su padre señorita. Él tenía una deuda pendiente que nunca pagó y creo que es justo que tome parte de su herencia para mí.

—¿Una deuda? Todas las deudas de mi padre fueron pagadas luego de su muerte, no nos quedó casi nada señor Fontaine.

—No busco su dinero señorita, ni presentaré un litigio, pero le advierto que tengo la firma de su padre en un pagaré señorita, le presté dinero para salvar su reputación porque sus viajes y su vida despreocupada comenzaron a arruinarle. Tal vez no controlaba demasiado a sus abogados y administradores, algunos caballeros ingleses son muy descuidados con sus propiedades.

—No puede ser. Además, si mi padre le debía dinero ¿por qué no reclamó a sus albaceas luego de su muerte?

—Porque supe que su situación era muy delicada señorita, que tuvieron que vender varias propiedades para pagar a los acreedores y, además, sabía que luego podría cobrar mi deuda cuando llegara la ocasión.

—¿Su deuda? ¿Se refiere a mí? ¿Se atreve a decirme que soy el pago de esa deuda?

El marqués sonrió.

—Lo lamento mucho, es muy incómodo para mí, pero en resumidas cuentas sí... ese era el trato. Perdonaría su deuda a cambio de que usted fuera mi esposa.

—¿Su esposa? Usted ya tiene esposa Monsieur, una dama enferma que vive recluida en sus aposentos. No se burle de mí.

—Se equivoca señorita, mi esposa murió hace dos años. ¿No se lo contó su padre?

Evelyn lo miró con fijeza.

—No, eso no puede ser. Mi padre jamás mencionó que pensara venderme a cambio de un pagaré firmado, eso es horrible Monsieur. Además, si hubiera querido pedir mi mano habría hablado con mi madre y no estaría raptándome como un bandido. No me engaña marqués de Fontaine, los nobles franceses sólo desposan a una dama francesa de alta alcurnia. No quiere llevarme para que sea su esposa, no soy más que la hija de un lord empobrecido, lo que desea es algo tan indigno que no me atrevo ni a mencionarlo. Pero le juro que ni muerta cederé a sus pretensiones. Jamás.

Él no dijo nada, habían llegado a destino. Un barco aguardaba para poder cruzar el canal de la mancha y llegar a Francia. Sería un viaje corto y luego tomarían un tren hasta el chateau del francés en Amiens.

Fontaine desató sus manos y le dijo que no intentara escapar.

Ella lo miró con rencor, desafiante. Tenía las manos libres y estaba a cierta distancia, podía escapar, pedir ayuda, gritar...

Pero no tuvo valor. Ese hombre era el diablo y si intentaba escapar la atraparía, estaba segura de ello. Acababa de llevársela de su casa, de decirle que sería suya como pago de una deuda.

—Señor Fontaine, sus pasajes están esperándole. Buen viaje—le avisó el capitán.

Él agradeció con marcado acento y tomó su mano.

Evie se resistió, quiso correr, pero no pudo hacerlo, ese hombre la dominaba, era tan maligno y fascinante como la primera vez que lo vio. Y a pesar de que estaba furiosa y sabía que estaba siendo raptada no se atrevió a moverse.

—No iré con usted. No puede llevarme como si fuera su esclava, no puede...—protestó luego sabiendo que era inútil.

—Sí puedo hacerlo y lo haré. Y también la pondré a salvo como le prometí a su padre, señorita Gaveston.

—¿A salvo?

—Esos manuscritos que escondió durante tantos años padre, están prohibidos por los católicos. Cuentan la verdadera historia del diablo y otras verdades que no desean salgan a la luz. Hay un grupo de fanáticos que intentan hacerse con los libros otros quieren destruirlos. Adoradores del ángel caído señorita, son gente muy peligrosa.

Ella lo miró a aturdida, pero tenía sentido.

—¿Cree que esos hombres mataron a mi padre para quitarle sus libros?

—Tal vez... Esos libros eran muy valiosos. Ahora tome mi mano, la ayudaré a subir.

Evelyn contempló el mar encrespado y tembló. No era buena idea viajar con semejante clima, pero nadie la escuchó. Estaba atrapada, acababa de ser raptada el día de su boda y sintió terror. Pero ya era tarde para escapar y lo sabía.

****

Llegaron a Francia al día siguiente, a media mañana, luego de pernoctar en casa de unos amigos de Fontaine, a quien presentó como su prometida Evie Gaveston.

Evie no creía una palabra de toda esa farsa, sospechaba que el francés aún tenía esposa y sólo querría que fuera su amante y pagara así la deuda de su padre. Cada vez que lo pensaba se enfurecía, pero entonces comprendía que hacía años que soñaba con ese marqués y que nunca esperó siquiera volver a verle y ahora, sus sentimientos eran contradictorios y oscilaban entre la rabia y la fascinación y ese algo que siempre la convencía, la sometía a su voluntad.

Sus anfitriones fueron muy amables, aunque no entendió demasiado su conversación pues tenían un marcado acento y hablaban muy rápido. Sonreía por ser cortés y agradeció que les dieran habitaciones separadas. Estaba tan exhausta y sin embargo tardó en dormirse porque no podía dejar de pensar en Fontaine y en su futuro. Pero estaba decidida, ese hombre no la tocaría a menos que tuviera la certeza de que se casaría con ella y que su matrimonio no sería una farsa para embaucarla y seducirla.

Evie llegó al Chateabriand con su vestido de novia ajado y el cabello cubierto con unas cintas que le había obsequiado la esposa de su anfitrión.

Los criados la recibieron en una especie de cortejo de bodas, todos separados en dos y con la mirada baja en señal de respeto.

La visión del imponente castillo francés la deslumbró, era tal cual la recordaba y mientras se acercaba no dejaba de pensar en los últimos sucesos. "Me ha raptado, me ha traído a su castillo para que sea su amante. Es una locura... parece un sueño, tal vez no sea real y despierte de un momento a otro".

Recorrió su interior y pensó que todo estaba tal cual lo recordaba, las alfombras, los retratos, los hermosos objetos de arte que llenaban las salas. Relojes, mesas, sillas y la sala de música que era el centro del salón principal.

Su esposa no estaba allí pero su esposa vivía encerrada en una habitación del primer piso, nunca salía ni aparecía para nada. ¿No habría sido fácil inventar que había muerto y dejarla allí, silenciosa y olvidada?

La voz de su raptor la despertó de sus pensamientos.

—Por aquí Evie, os llevaré a vuestros aposentos para que descanséis. Luego nos reuniremos a la hora del almuerzo. Debes estar agotada por el viaje.

Agotada y nerviosa. Estaba lejos de su país, no tenía dinero, ¿cómo haría para escapar?

Siguió al marqués y al entrar en su habitación se quedó deslumbrada por los cortinados, los relucientes pisos de madera cubiertos de alfombras, todo era lujoso y olía a él... una mezcla de madera y sándalo.

Sus miradas se unieron y ella se alejó despacio apartando la mirada.

—Tranquila, mi bella inglesa. Todo saldrá bien... ya lo verás.

Cuando se marchó cerró su habitación con llave. No podía creerlo. La había dejado encerrada como si pensara que podía intentar escapar.

Una criada de cofia blanca y delantal le llevó una bandeja con alimentos. Evie sintió que estaba hambrienta, pero era incapaz de probar bocado. No podía hacerlo.

Miró la bandeja y sólo pudo comer la manzana y la copa de agua. Estaba nerviosa, no dejaba de pensar...

—Le traeré vestidos para que pueda cambiarse madame, y cintas para su cabello—dijo la doncella.

No se había movido de allí como si estuviera esperando que devorara todo.

—Gracias... hace mucho frío aquí.

Comenzó a tiritar, el cuarto estaba helado y el frío era mucho más intenso que en su país.

—Oh, descuide, le pediré a Marie que encienda el fuego.

El calor de la pequeña estufa de inmediato se esparció por la habitación y no pudo resistirse al ver la cama, quería dormir, descansar y no pensar en nada más.

****

Días después, durante la cena él le entregó la carta de su padre. Fue tan inesperado que Evie tembló cuando tomó esa misiva y la leyó.

La carta estaba sellada y tenía fecha de hacía dos años, mucho antes de morir, no lograba entender qué hacía esa carta en el chateau de Fontaine.

—¿Por qué desea que lea esta carta? ¿Qué contiene?

Él sostuvo su mirada.

—Léela y lo sabrá señorita Evelyn.

Evie rasgó el sello y la acercó a la vela de la mesa para leerla con más claridad.

"Querida Evie,

He buscado la manera de decírtelo, pero no he podido. Sólo puedo pedirte perdón por la promesa que acabo de hacerle al marqués de Fontaine.

Le he prometido que serás su esposa cuando cumpláis los diecinueve años. Temo no poder estar entonces, el doctor me ha dicho que no me queda mucho tiempo de vida... Por eso he decidido hacer esta promesa y porque él ha sido un buen amigo y le debo mucho. Mi vida, hija.

Cuando él me habló de sus intenciones de tomar esposa pensé que escogería a una joven noble de su país, pero no fue así. El marqués me pidió tu mano hija y eso me confundió. Lo confieso. Me negué, al comienzo fue así pero luego me hizo comprender que era lo mejor. Él cuidará de ti y será un buen esposo. Te ruego que lo aceptes porque es mi última voluntad y porque jamás escogería un esposo que no fuera apropiado para ti.

Os deseo mucha felicidad y espero que Fontaine pueda llegar a tu corazón y ser así un matrimonio feliz, es mi mayor deseo. Que mi querida niña tenga una vida larga y muy dichosa."

Evie lloró al leer esa breve carta. Tuvo la sensación de que estaba allí hablándole con su voz grave y pausada pidiéndole que se casara con el marqués. Secó sus lágrimas y lo miró confundida sintiendo una emoción intensa que no podía controlar.

—¿Y por qué nunca me lo dijo, marqués? Usted vino a mi casa a buscar sus libros y jamás me habló de este pacto ni tampoco... Entonces mi padre estaba muy enfermo.

—Sí, del corazón. El médico se lo había dicho y le rogó que no se lo dijera a nadie, especialmente a su familia. No quería entristecerlas señorita, es bastante difícil para un hombre lidiar con eso, pero... Su padre quiso ahorrarles ese dolor.

Evie volvió a llorar, no pudo controlarse. Ahora entendía esa muerte repentina y el cambio que había tenido los últimos meses. Sabía que iba a morir y eso debió ser muy doloroso para él. Por eso estaba apagado, triste, distraído. ¿Qué podían importarle esas cartas?

El marqués la miraba con fijeza.

—Lo lamento mucha señorita, sé que echa mucho de menos a su padre.

—Ahora entiendo todo, Monsieur... si me hubiera dicho habría pasado más tiempo con él, habríamos viajado.

—Sir Henry Gaveston era un hombre extraordinario señorita, un erudito, pero también un hombre muy bueno y generoso. No le importaba tanto morir sino lo que pasaría con su esposa e hija. Deseaba que usted encontrara un esposo adecuado y temía que alguno de los lores del condado se acercara a usted por la biblioteca formidable que tenía, es la verdad. Y quise advertírselo antes, pero acababa de perder a su padre señorita, no habría sido oportuno. Estaba abrumada por el dolor y también las deudas que os dejó. Y yo tenía prisa por recuperar mis libros, temo que fui muy egoísta entonces. Pensé que debía darle tiempo para comunicarle lo del compromiso.

Evie lo miró con fijeza.

—Esos libros no eran de usted, Monsieur, el Art Diavoli era de mi padre, los cinco tomos.

El marqués sonrió.

—Lo eran señorita, pero alguien los hurtó de mi castillo y se los vendió a su padre. Él no lo sabía y me llevó mucho tiempo rastrearlos y encontrar al coleccionista que los había comprado. Me llevé una gran sorpresa al saber que era su padre.

Se hizo un extraño silencio.

—Todavía me cuesta creer que mi padre hiciera ese pacto con usted.

—No fue un pacto, esa palabra no me agrada.

—¿Y cómo debo llamarlo entonces, marqués?

Él se acomodó en su asiento sin dejar de mirarla.

—Fue un acuerdo. Pagué sus deudas y pedí su mano. Él estaba muy enfermo y quería dejarla a salvo. Además, pagué sus deudas y él sabía que no podría devolverme el dinero que le había prestado y perdone que le hable con tal franqueza, entonces la pedí en matrimonio, pero acababa de enviudar y no habría sido decente desposarla entonces. Además, era muy joven y su padre dijo que no estaba madura para el matrimonio por eso dijo que a los diecinueve sería más oportuno. Ahora lo está, ¿no es así? Iba a casarse con ese lord presumido.

—Raymond Chandler—respondió Evie sonrojándose.

—Recuerda su nombre.

—Por supuesto, iba a casarme con él hasta que usted lo arruinó todo.

El marqués la miró con una sonrisa.

—¿Acaso lo lamenta? ¿Acaso sentía un cariño especial por su caballero inglés?

Ella lo miró desafiante.

—Así es.

—Pero eso ya no podrá ser, ahora entiende por qué. Su padre dejó algo más que una carta señorita, dejó un testamento en el cual expresa su voluntad de que se convierta en mi esposa. Ese testamento obra en mi poder y anula sus posibilidades de casarse con oro hombre.

Ella miró la carta y lo enfrentó.

—Mi padre jamás habría deseado esta boda, él me advirtió sobre usted luego de la primera visita, dijo que debía permanecer alejada porque tenía malas costumbres. Él jamás lo habría visto como un buen esposo para mí.

—Bueno, creo que cambió de parecer.

—Usted lo obligó a que cambiara de opinión, a que escribiera esta carta.

—Oh vaya, ¿me cree tan perverso? Se equivoca señorita. Él sabía que a mi lado estaría a salvo y esperaba que la hiciera feliz. Comprendo que usted está muy asustada y nerviosa por todo esto. Créame que lamento que fuera así, debí esperar, pero en su país los abogados habrían refutado el testamento y esta carta y la habrían casado con el señor Chandler. Esa boda fue concertada, usted lo sabe, nadie esperaba que se negara, ese caballero estaba muy enamorado de usted y su madre pensó que era un candidato aceptable y en apariencia lo era. Sin embargo, lord Chandler tenía manuscritos de magia y hechicería, sus ancestros siempre han adorado al diablo, lo que compromete de cierta forma sus amorosas intenciones. Sospecho que tal vez él quería el manuscrito Le diable y pensaba que lo tenía en su poder. ¿Acaso no le preguntó sobre el mismo?

Ella asintió confundida.

—Todos quieren el manuscrito que tenía su padre y harán lo que sea por tenerlo. Incendiaron su casa, ¿lo recuerda? Y a pesar de todo apareció un joven enamorado ansioso de desposarla con cierta prisa. ¿No cree que todo ha sido muy extraño?

—¿Cómo sabe todo eso? ¿Acaso ha estado espiándome?

—Pues sí...

—¿Y cree que lo que hizo usted es menor? Ha dicho que me raptaba para mantener su secreto a salvo.

—Es verdad, pero al menos no la rapté para interrogarla sobre el libro, lo hice porque encuentro muy placentera su compañía. Ahora espero que piense en esa carta y me dé su respuesta. No la obligaré a que acepte un matrimonio si eso le desagrada, pero si me acepta deberá someterse a mí en cuerpo y alma.

—¿Someterme a usted?

Él asintió.

—Estuve diez años atado a una mujer malvada y enferma señorita Evie, quiero una esposa alegre, feliz, que sepa bien cuáles son sus deberes. Sin excusas ni enfermedades inventadas. Una compañera con quién compartir momentos agradables y que se una a mí sin secretos ni reservas, sin miedos... sé que eso llevará tiempo, que lo que le digo ahora puede oírse abrumador, pero sueño con que así sea, por eso la he elegido a usted. Porque deseo que se una a mí y sea la esposa que siempre soñé tener.

—¿Y cómo puede estar tan seguro de que seré esa esposa Fontaine? Apenas me conoce. Sólo puede decir que le agrado, pero lo que pide es demasiado. Usted me intimida, me atrapa, me encierra en su castillo ¿y luego me pide que le dé una respuesta? ¿Y qué sucedería si me negara Monsieur? ¿Qué pasaría conmigo? ¿Acaso me ayudará a regresar a mi país?

Él tomó su mano y la besó.

—Primero quiero su respuesta, señorita Evie y luego tendrá la mía. Sólo le advierto que su respuesta será definitiva. Si acepta convertirse en mi esposa deberá aceptar mis condiciones.

Evie supo que sería imposible convertirse en la esposa perfecta que ese marqués necesitaba. Una esposa apasionada, alegre y bien dispuesta... se oía más a la descripción de una amante no de una esposa sin experiencia como ella. No conocía el chateau, ni a quien sería su marido, era casi un extraño que la había raptado y estaba convencido de que sería la esposa perfecta para él.

¿Y acaso podría darle un no como respuesta cuando tenía un pagaré en su poder y su padre le había pedido que se casara con el marqués?

Él no esperaba ser rechazado, no estaba en sus planes y sin embargo le había dado unos días para que lo pensara.

Y Evie se tomó esos días para recorrer Chateaubriand y buscar pruebas de una idea que rondaba su mente y la tenía muy inquieta. Lo hizo con total libertad, nadie le impidió recorrer las habitaciones vacías con la excusa de que quería conocer un poco más el Chateau.

Tenía la sospecha de que el marqués tenía escondida a su esposa, no le creía que hubiera muerto de forma tan repentina y se preguntó dónde estaría escondida. Era como si sintiera su presencia y fuera un fantasma, demasiado presente para ser ignorado.

Y mientras recorría el castillo escuchó unos pasos. Alguien la seguía y se apuró a esconderse detrás de los cortinados de la primera habitación que encontró. Aguardó conteniendo la respiración espiando a través de la cortina.

Los criados recorrían el chateau para realizar el aseo en la mañana, pero siempre se cuidaban de no aparecer de forma inoportuna, pero algo le decía que no era un criado quien seguía sus pasos y cuando lo vio parado frente a la habitación dio un respingo y él la descubrió al instante.

Sus ojos la miraban con esa expresión enigmática. Fontaine había estado siguiendo sus pasos.

—Lo siento, no quise asustarla mademoiselle. ¿Buscaba algo?

Evie se sonrojó, era la primera vez que la encontraba espiando.

—No... sólo paseaba por aquí y admiraba los tapices y retratos de otros tiempos—respondió.

—¿De veras? Vaya, debe estar cansada, hace horas que recorre las habitaciones señorita como si buscara a alguien.

Ella se mordió el labio sin responder y se alejó, odiaba que la viera tan turbada y nerviosa por su causa y sin poder contenerse estalló.

—¿Dónde está ella, Monsieur? ¿Dónde la esconde?

El marqués se mostró sorprendido.

—Disculpe, pero no comprendo de qué habla. No tengo nada que esconder señorita Gaveston, se lo aseguro.

—Sabe bien de lo que hablo, Monsieur. Su esposa. Sospecho que la tiene encerrada en algún lugar.

—¿Mi esposa encerrada aquí? Oh señorita, temo que ha leído muchas novelas oscuras y terroríficas. ¿Cree que sería capaz de pedirle matrimonio luego de confinar a mi esposa a una de estas habitaciones? —el marqués rio, pero en sus ojos no había alegría sino enojo. Lo vio con claridad.

—¿Cree que la he engañado, que la traje aquí con una historia falsa y mi esposa duerme en alguna de estas habitaciones como la bella durmiente? —preguntó en francés.

Ella sostuvo su mirada y asintió despacio.

—Y lo admite... vaya, qué imaginación tiene señorita Gaveston. Venga por favor, quiero mostrarle algo—dijo y extendió su mano invitándola a seguirlo.

Evie vaciló, pero luego aceptó y él la llevó de la mano por los pasillos del primer piso.

—¿Quiere saber dónde escondo a mi esposa? Pues se lo mostraré para que no tenga más dudas sobre ello. Venga conmigo por favor.

La joven lo miró perpleja, no comprendía qué tramaba y no pudo evitar mirar hacia las habitaciones vacías.

—Me temo que no está aquí señorita, mi esposa está escondida en otro lugar. Pronto lo verá con sus ojos.

Atravesaron el pasillo y llegaron hasta la escalera rumbo a los jardines. El marqués llamó a uno de sus mozos que estaba cerca, recorriendo el campo a caballo. Le dijo algo al oído que no pudo entender y entonces el mozo le trajo dos caballos.

Evie subió indecisa, no sabía a dónde la llevaba, pero tuvo un mal presentimiento.

Tuvieron que cabalgar por más de una hora para llegar hasta lo que parecía una casa de piedra rodeada de monumentos fúnebres. El cementerio de Chateaubriand. Evelyn se estremeció al ver las imágenes esculpidas en piedra de esas raras criaturas seráficas.

—Aguarde, ¿acaso me lleva al cementerio para mostrarme la tumba de su esposa? —la joven estaba nerviosa e indignada.

—Así es. Para que deje de pensar que soy un truhán mentiroso. Tengo pruebas de que aquí reposan los restos de mi esposa. En el panteón central, junto a mis ancestros.

—No es necesario que lo haga señor marqués.

—Pues temo que sí debo hacerlo. Para que no tenga más dudas al respecto y deje de buscar desesperada en todo el chateau una esposa que está muerta y enterrada señorita Gaveston.

Evie descendió de la yegua temblando, no quería estar en ese lugar, le parecía horrible y deprimente, nunca había soportado el olor de los cementerios, pero ese en especial era mucho más tétrico por las lápidas acompañadas de imágenes de yeso y piedra, esculturas seráficas y de caballeros. Pero al parecer siempre habían enterrado a sus muertos en ese lugar y se estremeció al pensar que en un futuro ella también estaría allí junto al marqués si aceptaba ser su esposa.

Miró las inscripciones y descubrió una tumba reciente de un recién nacido que había muerto hacía cinco años. El marqués se detuvo y se arrodilló en la tumba del pequeño. Se llamaba Etienne y comprendió que debía ser su hijo.

Luego se incorporó y tomó su mano.

—Por aquí señorita—dijo el marqués y la condujo hasta una construcción que debía ser un mausoleo.

Un criado estaba presente y estaba aseando el lugar y colocando velas en las fotografías de los muertos.

Las tumbas estaban bajo tierra, sólo se veían las chapas con las inscripciones y los retratos... De los muertos el día de su entierro.

La joven se estremeció cuando el marqués le acercó el portarretrato de madera con la fotografía en tonos marrones de su esposa fallecida. Blanca, lívida y con una expresión de dolor que la estremeció.

—Ella era Marie Claire, mi esposa. Sufrió mucho... luego de dar a luz a nuestro hijo quedó débil, nunca tuvo salud. Al final pilló una pulmonía y murió. Pero al menos dejó de sufrir. Nuestro hijo descansa allí, a su lado. Etienne Maurice vivió sólo tres meses. Nació débil, como su madre. Allí está su fotografía. Mi pequeño ángel. El señor es tan cruel ¿verdad?

Evie lloró al ver la fotografía del pequeño.

—Lo siento, perdóneme es que pensé que... Lo lamento mucho Monsieur, no sé qué decirle.

Él secó sus lágrimas y tomó su mano y la apretó con suavidad.

—Está bien, no se disculpe. Comprendo su desconfianza, pero le aseguro que de haber estado viva Marie Claire jamás la habría raptado. A pesar de nuestras desavenencias, era mi esposa y siempre la respeté y traté con mucha paciencia. No era su culpa, pobrecilla, no estaba hecha para este mundo. El nuestro fue un matrimonio concertado por nuestros padres, pero ella no estaba hecha para el matrimonio y se entregaba a mí como si fuera un cordero de sacrificio. Al comienzo no estaba enferma, pero evitaba la intimidad y usaba sus dolencias como excusas. Marie Claire quería ser monja, pero su padre no la dejaron, la obligaron a renunciar al convento que siempre había sido su deseo luego de pasar su infancia en un internado de monjas. Ese fue un error, no debieron obligarla. Todos los inviernos Marie Claire sufría constipados y comenzó a sufrir de los pulmones. Deseaba estar enferma para evitar mi compañía, comenzamos a dormir en habitaciones separadas. Ella me temía y me odiaba, nuestro matrimonio fue muy desdichado señorita Gaveston.

Evie murmuró que lo sentía mientras se alejaba. Los retratos, las velas encendidas y sus palabras comenzaron a provocarle un malestar intenso. Comenzó a marearse, a sentirse enferma, todo le daba vueltas y le rogó que la sacara de ese lugar.

Él la tomó en brazos y la llevó a que respirara aire fresco. Estuvo a punto de desmayarse, todo parecía oscurecerse, pero fue él quien la ayudó a no perder la calma.

—Respire hondo señorita Gaveston, míreme. Perdóneme por favor, no debí llevarla a ese lugar.

Evie pensó que ese marqués era un demente, ese lugar, los retratos, ¿qué clase de costumbres tenían esos nobles? Fotografiar a sus muertos durante el funeral para tener un recuerdo suyo, para poner la foto en el cementerio, había oído de esa costumbre tétrica. No podía apartar esas horribles imágenes de su cabeza y pensó que debía escapar de ese Chateau, no se casaría con ese loco, no lo haría. No terminaría enterrada junto a su otra esposa con una horrible fotografía como ocurría con las esposas que no eran satisfactorias. Ella jamás sería la esposa que él soñaba, ni siquiera podía vencer el terror que le inspiraba al saber que era su prisionera. Él la había raptado el día de su boda llevándola a un país extraño, haciéndole creer que estaba cumpliendo la última voluntad de su padre o cobrándole una vieja deuda...

Y mientras regresaban en carruaje Evie sintió deseos de abrir la portezuela y correr, correr muy lejos de ese hombre. Pero no podía obrar por impulso, debía buscar la forma de hacerlo, de abandonar ese castillo sin ser vista.

—¿Se siente mejor, señorita Evie? —preguntó él.

Ella lo miró y asintió en silencio.

Allí estaba su esposa muerta, no estaba escondida en el chateau como había pensado, estaba en su ataúd descansando, joven y pálida y con expresión de dolor. Un encuentro tétrico con la muerte que nunca olvidaría.

Y mientras regresaba a su habitación para descansar y beber luego una tisana que le preparó una doncella se preguntó por qué Fontaine había sido tan cruel con ella. ¿Sólo porque lo acusó de esconder a su esposa en el Chateau?

—¿Se siente bien, señorita? —le preguntó la doncella.

Era una joven menuda muy enérgica y parlanchina que decía ser la mejor peinadora del castillo.

—Sí, un poco mejor, gracias Marie.

—Bueno, la dejaré descansar.

Evie se acostó y miró el tapizado del techo preguntándose si acaso él aceptaría que se negara a ser su esposa. Quería escapar, irse muy lejos pero no tenía dinero. ¿Cómo diablos podría regresar a su país sin dinero para pagar el viaje? Excepto las joyas, los pendientes y los anillos que llevaba el día de su boda y que había guardado en una cajita de madera de su mesa de luz. Tal vez pudiera venderlos y tener dinero para pagarse el pasaje.

La tisana la hizo dormir de forma profunda y al despertar era de mañana y el sol iluminaba su habitación.

Sus ojos se cerraron ante el resplandor y entonces vio a la doncella parada frente a la cama como un fantasma y tembló.

Ahogó un grito al ver la cara pálida y el cabello muy largo.

—Buenos días, señorita inglesa. Lamento haberla asustado. No quise hacerlo, le traje el desayuno.

Conocía a esa criatura parlanchina, era algo rara, se comportaba como una niña y hablaba sin parar, alguien murmuró que la hija del ama de llaves y padecía una tara pero que era inofensiva.

Luego de recuperarse del susto de encontrarse a esa joven pálida parada como un fantasma mirándola intentó comprender dónde estaba y qué hacía en esa habitación. Solía pasarle en ciertas ocasiones, cuando despertaba de golpe, demoraba unos minutos en comprender dónde estaba.

A media mañana, cuando se disponía a salir a dar un paseo matinal, se acercó a la mesita de luz que había junto a su cama para buscar el pequeño cofre con las joyas. La idea de escapar empezaba a tomar forma en su mente, aunque fuera una completa locura y sabía que sin esas joyas no iría a ningún lado. Las había guardado en una caja que encontró nada más llegar, para no lucirlas todo el tiempo pues llevaba las joyas de su fallida boda con Chandler.

Abrió un poco más el cajón al ver que no estaba donde la había dejado y luego, comenzó a revolver frenética las otras cajas, papeles y ese montón de chucherías inservibles que solían juntarse en los cajones pequeños como ese que alguien tenía la tonta constancia de guardar, apilar y... No podía creerlo, su cajita no estaba. Ni sus joyas. Alguien las había tomado.

Era demasiado horrible pensar en eso, no quería sospechar de los sirvientes ni culparles. ¿Tal vez las guardó en otro lugar?

Frenética, buscó en todas partes, en otros cajones, en el piso de madera, bajo su cama, debajo de su almohada y hasta en los lugares más insólitos pero la maldita cajita con sus joyas no aparecía.

Exhausta se sentó en la cama y tomó aire mientras pensaba. Sabía que en ocasiones eran personas muy pobres con familiares enfermos y cometían actos de pillaje... No en Richmond por supuesto, jamás ningún sirviente hizo faltar ni una cuchara en tiempos de su padre, pero...

Pues allí nada era como debía ser. El marqués era un hombre muy extraño, la servidumbre era rara y la casa entera parecía un sitio encantado y maligno. ¿Qué podía sorprenderla ahora? Que le faltaran unas joyas que no eran muy valiosas no debía afectarla, pero... Rayos, era todo cuanto tenía en su poder para pagarse un pasaje de regreso a su casa.

Bueno, no debía desesperarse, tal vez apareciera...

Salió inquieta de su habitación y preguntó a un criado si podía hablar con el señor Fontaine.

—El marqués salió hoy temprano madame, pero en cuanto llegue le daré su mensaje.

Evie regresó a su habitación y escribió una carta a su madre para contarle lo que había pasado mientras pensaba en las joyas. Y mientras intentaba escribir los sucesos por orden escuchó un ruido de pasos acercarse y levantó la vista.

No era la primera vez que tenía la sensación de ser espiada y se preguntó si serían órdenes del marqués.

Volvió a tomar la pluma e intentó concentrarse, pero no pudo. ¿Qué iba a decirle? ¿Qué Fontaine la había raptado porque estaba loco y esperaba que ella se rindiera a su locura y se convirtiera en su esposa?

Debía buscar esas joyas, no pudieron desaparecer así. Se dijo y dejó la pluma en el tintero y se dispuso a buscar.

Tuvo tiempo de sobra antes de la llegada del marqués, pero fue en vano. Todo estaba en su sitio, excepto que debajo de su cama encontró polvo y unas plumas que habían caído de la almohada y nadie se molestó en limpiar. ¿Pero qué pensarían ellos que el marqués cortejara a una señorita inglesa? ¿Lo aceptarían obligados o les resultaba indiferente? Tenía la sensación de que la toleraban apenas y vigilaban sus pasos por órdenes del marqués.

Él volvía a estar en sus pensamientos, día tras día, y ahora que estaba en Chateaubriand temblaba cada vez que lo veía y era algo difícil de explicar. Estaba enamorándose de ese caballero francés tan guapo y seductor, no debía extrañarse, desde el principio se había sentido subyugada por él y ahora que estaba en su castillo... lentamente comenzaba a sucumbir, luego de saber que su esposa estaba muerta y no escondida en el Chateau como temía, ahora podrían casarse. Su padre lo habría querido, era para protegerla...

No, no debía casarse con él. No era conveniente que lo hiciera.

Cerró el cajón de la mesa de luz con decisión y trató de pensar con calma, tenía un plan y esperaba poder llevarlo a la práctica.

****

—¿Deseaba verme, mademoiselle Gaveston? —preguntó él mirándola con fijeza. Parado frente al escritorio de la imponente biblioteca los ojos de Evie se desviaron hacia los ejemplares que tanto atesoraba para no verle a él. Pero era imposible ignorarle...

—Disculpe Marqués, es que hubo un incidente esta mañana. Mis joyas han desaparecido—replicó sin rodeos.

—¿Qué dice? Pero ¿cuándo ocurrió esa calamidad? —preguntó él horrorizado.

—Esta mañana noté su ausencia y no se preocupe, en realidad no son muy valiosas, pero.

—No se preocupe, hablaré con el Monsieur Gerarld de inmediato. Puede ¿decirme qué joyas ha perdido, señorita?

Evie tocó sus manos, visiblemente nerviosa.

—Era un anillo de oro y rubíes de compromiso que me obsequió el señor Chandler, pendientes y una cadena de oro con una medalla con mi nombre.

—¿Nada más?

—Sí, un anillo con un ópalo negro que me trajo mi padre de su último viaje a Australia.

—Esto es preocupante señorita, lo lamento mucho, esto es muy irregular. Pero no se inquiete, haré averiguaciones y encontraré sus joyas.

—Se lo agradezco Monsieur, me siento muy apenada por esto.

Él asintió y de pronto al ver que miraba su biblioteca la invitó a ver sus libros.

—Acérquese por favor.

Evelyn se acercó encantada y se detuvo para ver las maravillosas colecciones de cuentos, historia, filosofía, todo separado por temas y autores. Pero lo más deslumbrante era la colección de manuscritos raros sobre magia y hechicería. Su padre había pasado horas leyendo esos libros y tenía algunos en su biblioteca.

—Mi padre amaba estos libros, Monsieur—dijo entonces—siempre hablaba de su envidiable biblioteca.

Él sonrió.

—Es verdad. Puede tomar el que desee para leer, señorita Evie.

La joven vaciló, estaba indecisa, todos le parecían tan interesantes, pero de pronto tomó uno de tapa roja y dorada que era una antología de leyendas medievales.

Sus miradas se encontraron y ella retrocedió un poco temblando. Deseaba que la besara, pero temía que lo hiciera. Él sostuvo su mirada y no insistió ni intentó tocarla.

—No tema señorita Evie, encontraré sus joyas—le respondió.

Evie sintió dolor cuando se alejó, habría deseado que se quedara, que intentara besarla. Diablos, ¿qué le estaba pasando? ¿Qué poder ejercía ese caballero francés sobre ella? ¿Y por qué temblaba al verle llegar y luego sentía tanta pena y desolación cuando se alejaba?

Ese hombre la embrujaba, la cautivaba y la sumía en la desesperación. Porque debía darle su respuesta a la brevedad, él no lo había mencionado, pero sabía que esperaba que lo hiciera y ella no quería aceptarlo, no deseaba hacerlo. Su sentido común le decía que debía escapar de esa mansión cuanto antes, debía hacerlo. Estaba asustada, confundida y temía aceptar un matrimonio que no la haría feliz.

Tomó el libro y se dirigió a su habitación, sentía deseos de encerrarse el resto de la tarde para leer esas historias, pero algo la distrajo cuando atravesaba el corredor que conducía a las habitaciones de huéspedes. Sabía que no debía detenerse en la habitación escarlata, que ocupaba el marqués, pero sintió una irrefrenable curiosidad. Sólo quería mirar qué había, cómo eran los aposentos donde dormía su anfitrión. Sabía que no era los aposentos nupciales, estos se encontraban en el ala sur del chateau y permanecían cerradas o eso le había dicho Marie cuando recorrían el castillo los primeros días.

Y la habitación escarlata la atraía sin que pudiera evitarlo, era como si la llamara para que entrara, no sabía por qué, pero la puerta no estaba cerrada como esperaba, sino abierta y parecía llamarla. Atraída por el color rojo de los cortinados se acercó con sigilo y vio la cama inmensa y señorial cubierta con un edredón del mismo tono que las cortinas. Suspiró al sentir el perfume del marqués, esa esencia que siempre la inquietaba y tembló al pensar que podía notar su presencia allí, cerca de su habitación. Era una locura y lo sabía, pero... no pudo resistirse. Entró con mucho sigilo y miró la habitación en busca de retratos, pañuelos, ropa... Pero todo estaba en perfecto orden en sus aposentos y sin embargo esa habitación estaba llena de él podía sentirlo.

Corrió con el mismo impulso con el que había entrado, sabía que no debía estar allí.

****

El frío se hizo intenso y a pesar de ello, recibieron visitas en el Chateau, parientes del marqués. Él le advirtió que llegarían esa mañana y la presentó como la hija de un viejo amigo, la señorita Gaveston.

Una tía solterona muy envarada la miró con creciente desaprobación mientras las otras jóvenes expresaron curiosidad.

Su estancia fue breve y Evie notó que dos de las primas del marqués se disputaban su atención de forma casi constante. Pero él era amable y poco más, no las miraba como la miraba a ella. Sin embargo, se sintió incómoda y celosa. No pudo evitarlo. Odiaba que hubiera primas casaderas ansiosas de atraparle. Pero ninguna era bonita, eso la hacía sentirse especial. Él esperaba que le diera su respuesta y Evie deseaba más tiempo para decirse.

Cuando las parientas del marqués se marcharon, días después él dijo que necesitaba hablarle en privado.

Tembló al pensar que le preguntaría cuál había sido su decisión, pero pronto comprendió que se había precipitado.

—Señorita Gaveston, lamento decirle que todavía no ha aparecido la caja con sus joyas.

Ella sostuvo su mirada.

—Lo siento mucho —agregó.

—Descuide, no es urgente —le respondió ella— Pero necesitaría pedirle un favor, Monsieur. Quisiera enviarle una carta a mi madre para que no se preocupe por mí. Le diré que estoy aquí de visita y regresaré pronto.

Él se movió inquieto, algo cambió en sus ojos.

—¿No le dirá la verdad? —dijo con cautela.

—¿La verdad?

—¿No le dirá que la he raptado y espero convertirla en mi esposa?

Evie se sonrojó al oír sus palabras y lo miró.

—¿Y no ha pensado que tal vez cometió un error y no sea la esposa adecuada para usted, marqués? —replicó.

No hubo vacilación en su respuesta ni en sus gestos.

—Estoy convencido de que es la esposa apropiada y, además, lo supe el primer día que la vi, cuando vino aquí con su padre. Pero era muy joven entonces y yo estaba casado, sin embargo, desee que fuera mía algún día. Para el amor alcanza una mirada señorita Gaveston. Y no se trata de algo racional, es imposible entender muchas de nuestras pasiones, se sienten con el corazón y alcanza. No hay más explicación que esa.

Sintió una agitación extraña, algo que no podía entender. ¿La pasión, el amor?

—Mi padre quiso apartarme de usted milord, lo hizo. Porque pensaba que tenía costumbres inmorales.

—Eso era antes señorita, me vi obligado a buscar compañía porque mi esposa no era más que un fantasma. No era lo que una esposa debe ser, pero le aseguro que si acepta casarse conmigo la amaré y respetaré y jamás miraré a otra mujer. Se lo juro.

Evie se sonrojó.

—Lo sé... sé que es sincero Monsieur—dijo tras hacer una pausa—siempre lo ha sido desde el principio, pero temo... ser muy poco para usted. Soy tímida y retraída y no deseo que sus parientes le ignoren o se mofen de usted por desposar a una joven que no pertenece a la nobleza francesa. ¿Acaso no lo ha pensado?

—No me importa el que dirán mademoiselle, la quiero a usted y la tendré, a cualquier precio. Si me rechaza ahora buscaré la manera de convencerla.

—No lo he rechazado es que todo esto ha sido tan repentino y precipitado. Tengo miedo de vivir aquí y que luego las cosas no sean como esperaba Monsieur. Apenas me conoce, ¿cómo puede estar seguro de que sería la esposa que necesita?

—No tengo dudas al respecto, usted las tiene y no la culpo por ello, déjeme demostrarle que soy el único hombre que puede hacerla feliz señorita Gaveston. Su padre falleció y se ha quedado sola con su madre, llena de deudas, necesita un marido y sé que por eso iba a casarse con ese lord inglés. Pero creo que merece más que un matrimonio concertado por conveniencia, merece amar y ser amada, vivir una pasión romántica que la haga sentirse viva por primera vez. Pero si desea esperar lo entenderé, si necesita más tiempo le ruego que me lo diga.

—Acepté casarme con Chandler porque él se convirtió en mi amigo estos últimos meses y me prometió que luego de la boda no... No me exigiría compartir la intimidad, que lo haría cuando estuviera preparada.

Él la escuchó con mucha atención.

—Pero sospecho que esa condición no sería aceptada por usted, Monsieur.

—¿Entonces se casará conmigo, pero antes me exigirá condiciones? —dijo el marqués.

No parecía enfadado, sólo algo sorprendido por el inesperado giro de la situación.

Evelyn asintió.

—¿Su respuesta es un sí acepto ser su esposa?

—Sí... pero antes de que siga adelante con los preparativos le ruego que considere que me abruma y asusta pensar en la intimidad, por eso no se precipite a desposarme. Temo que aún ve en mí una ilusión, un espejismo que no es real. Tal vez debería esperar unos años más antes de tomar una decisión tan importante como esta pero no puedo hacerlo, usted me ha acorralado. No puedo escapar, no dejará que lo haga.

Él se acercó y besó sus manos con devoción. Luego dijo mirándola a los ojos:

—Tiene mi palabra mademoiselle. Le daré el tiempo que me pida. No soy un desalmado ni un salvaje, sé cómo tratar a una señorita. No la tocaré hasta que esté preparada y lista para convertirse en mi esposa.

Ella sonrió abrumada por la vehemencia de sus palabras, por la intensidad de su mirada y por un instante deseó que la besara cuando acababa de pedirle tiempo. Realmente estaba confundida, no podía entender lo que le pasaba, pero de pronto notó que él despertaba algo en ella, algo que no podía comprender ni controlar. Algo tan fuerte y turbador que por momentos la asustaba.

****

Al castillo llegaron invitados del marqués de Fontaine días antes para estar presentes el día de su boda. Evelyn sabía que sus familiares no estarían presentes y los echaría de menos, habría querido invitar a su madre, pero sabía que no podría estar presente. Sin embargo, le había escrito una carta para avisarle que estaba a salvo y que pronto se casaría con el marqués. No fue sencillo escribir esa carta, ella que solía escribir y mantener su correspondencia de repente le faltaban palabras, expresiones, ideas simples para explicar que se casaría con el hombre que la había raptado porque deseaba convertirla en su esposa y mantener el manuscrito en secreto. Pero no mencionó esto último, al menos esperaba poder visitarla más adelante.

Una mañana, mientras recorría el chateau días antes de la boda se detuvo en la habitación del marqués al encontrar la puerta abierta. Pensó que él estaría allí, pero todo estaba en silencio. Sabía que no debía hacerlo, espiar, estar allí en ausencia del marqués, pero ese lugar la atraía como un imán. Se preguntó si allí guardaría los manuscritos perdidos, si sería adorador del demonio como lo eran algunos de los coleccionistas de libros... deseaba que no fuera así, pero...

Recorría la habitación escarlata cuando vio un sobre tirado en el piso. Conocía el papel y la letra y lo tomó inquieta. No podía creerlo. Era la carta dirigida a su madre que entregó días antes al mayordomo para que la llevara a la oficina del correo del pueblo más cercano. La carta que nunca fue enviada y que estaba allí, en la habitación del marqués y al tomarla entre sus manos comprendió que había sido abierta, leída...

Sintió que los colores subían a sus mejillas. Estaba furiosa y desconcertada porque no lograba entender por qué había ocultado esa carta, por qué el mayordomo la dejó allí en la habitación del marqués. Tomó la carta y la guardó, pero entonces vio algo más en el piso, justo frente a ella: su anillo de compromiso. No podía ser.

Con el corazón palpitante lo tomó y comprendió que no se había equivocado. El señor Fontaine lo tenía en su habitación y también, la caja, sobre una pequeña repisa con el resto de las joyas. ¡Menudo descuido! ¿O acaso había sido dejado a propósito para que lo viera?

"Esto no tiene sentido, ¿por qué tomaría sus joyas? Era un hombre muy rico, no necesitaba robarlas, pero al parecer sí esconderlas...

Dejó la caja conteniendo las lágrimas al tiempo que veía su retrato en la pared. Era extraño, no podía ser.... Pero ese retrato estaba en la sala de Richmond, su padre insistió en el retrato cuando cumplió dieciocho años y fue un tedio posar durante horas con su vestido color malva con puños y escote de encaje color crema. El pintor era un joven risueño que hablaba en francés y la miraba con una intensidad casi desagradable. Había ido al condado y al parecer todos decían que era un buen pintor sin embargo odiaba posar para él y soportar sus miradas y frases en francés que no lograba comprender.

—Es una réplica madame, el original está en Richmond house—dijo una voz.

Evelyn dio un paso atrás y vio con terror al marqués de Fontaine observándola con una sonrisa.

—Lo siento—murmuró inquieta—No debí entrar, pero oí una voz —inventó para disimular, pero tenía la carta y la caja con sus joyas.

El marqués la miró sin dejar de sonreír, nada disgustado de haberla encontrado allí husmeando en su habitación.

—No se inquiete por favor, si va a convertirse en mi esposa no debe haber secretos entre nosotros y luego de lo que ha descubierto aquí creo que le debo una explicación.

Evie tembló al sentir su mirada maligna.

—¿Entonces por qué lo hizo, señor Fontaine? ¿Por qué escondió mis joyas y la carta que quise enviar a mi madre?

Él demoró un poco en responderle, parecía sopesar cada palabra cuando dijo:

—Era necesario mademoiselle, aunque soy yo quien le debe una disculpa.

—No comprende, Monsieur.

—Me refiero a las joyas y la carta. Las oculté para que no intentara sobornar a mis criados con ellas, el hombre es débil señorita, entre sus debilidades está el dinero, el amor y el deseo entre otras cosas y usted podría tentar al diablo sin necesidad de las joyas y tener lo que deseaba: huir de mí. Estaba asustada, todavía lo está, pero al menos ha dado su palabra de que se convertirá en mi esposa. Y en cuanto a la carta, ya le he enviado a su madre una carta explicándole por qué la rapté.

—¿Le ha escrito a mi madre? —replicó Evie contrariada.

—Sí, lo hice antes de traerla aquí, dejé una carta en la mansión de su tío dirigida a ella para tranquilizarla. Le di mi palabra de que cuidaría de usted y la convertiría en mi esposa.

—Pero yo quería escribirle, ha de estar muy angustiada.

—No se preocupe por eso, viajaremos a Devon en poco tiempo y podrá ver a su madre, se lo prometo.

Sus ojos miraron el retrato mientras hablaba.

—Es la réplica del original, envié al pintor a su casa para que hiciera el retrato, se lo recomendé a su padre enviándole una carta de presentación. Deseaba tenerla aquí puesto que se negó a visitarme con su padre la última vez.

Evie se sonrojó y pensó que era tiempo de alejarse de esa habitación, sin embargo, no lo hizo, se quedó, embrujada por su mirada profunda. ¿Por qué la miraba así? ¿Cuál era la pasión del marqués: ¿dinero, joyas, o una dama hermosa?

—Ahora tendré a la dama del retrato que durante años me hechizó... ¿Por qué no regresó, mademoiselle? Esperaba que lo hiciera, deseaba tanto verla de nuevo.

Evie retrocedió abrumada, sólo quería escapar de esa habitación, de ese hombre que tanto la intimidaba, pero de pronto él cerró la puerta y se interpuso en su camino.

—¿Por qué me teme usted, mademoiselle?

—Me ha raptado y le temo sí, no puedo evitarlo. Soy su prisionera marqués y temo que...

—No debe temerme mademoiselle Evie, jamás le haría daño. Soy un caballero... aunque la haya raptado ese día es que no podía tolerar que se convirtiera en la esposa de otro hombre. Usted era mi prometida, su padre me dio su palabra antes de morir, lo hizo.

—Eso es muy extraño marqués, mi padre me dijo que me alejara de usted, lo hizo. Y fue él quien me convenció de no acompañarlo durante su último viaje porque usted... temía que me hiciera su amante, disculpe mi franqueza.

—En realidad eso me tentaba señorita, pero era muy joven y además soy un caballero y jamás habría seducido a la hija de un viejo amigo.

Evie quiso correr, estaba mareada, su retrato, las joyas y la carta, temblaba ante el afán de control que tenía ese caballero, control y poder total sobre ella y su vida. Y no había sido por el manuscrito como le hizo creer en un momento, tenía su retrato y desde que tenía quince años que se había fijado en ella mirándola y siguiendo sus pasos. Se sintió abrumada, aterrada, quería escapar, quería hacerlo, pero cuando lo intentó él la agarró de los brazos y la miró.

—No escapará mademoiselle, esta vez no podrá hacerlo—siseó mirando sus labios antes de robarle un beso ardiente y apasionado. Un beso robado que estremeció hasta la última fibra de su ser al atrapar sus labios con los suyos en un instante que pareció eterno. Quiso apartarlo, pero no pudo, era un hombre fuerte y ese beso la embrujó pues dejó de resistirse.

Hasta que fue liberada y se quedó allí temblando y mareada, sintiendo de nuevo esa emoción que no lograba entender una mezcla de miedo y deseo, eso era lo que le inspiraba ese misterioso marqués. Pero en sus labios se dibujó una sonrisa triunfal mientras la veía alejarse lentamente y correr...

****

Antes de la boda tuvo que asistir a clases de catequesis y ser bautizada en la fe católica, era un ritual que no podía eludir pues la familia Fontaine era católica desde siempre y así lo serían sus descendientes y los nuevos integrantes.

Evie aceptó su nueva religión no muy convencida y se preguntó si su futuro esposo era católico convencido o sólo seguía la tradición familiar. No tuvo tiempo de hablar del asunto, los preparativos de la boda los mantuvo alejados esos días.

La presencia de familiares llegó a ser molesta, pues nada más abandonar su habitación a la mañana encontraba nuevos huéspedes, amigos del marqués, parientes cercanos y lejanos, pero de entre ellos la tía Claire era todo un personaje que hacía sentir su presencia. Nada más llegar quiso conocerla y mientras tuvo ocasión la sometió a un exhaustivo interrogatorio observándola con sus ojos oscuros y nariz ganchuda en ese rostro menudo. Al comienzo pensó que era una dama de edad encantadora y algo chocha pero no tardó en comprender que se equivocaba. La baronesa era todo un carácter a pesar de su tamaño y no se le escapaba nada.

Su prometido parecía compadecerla y la alejaba siempre que podía y en realidad no sabía si le agradaba o no esa boda pues su mirada era francamente desaprobadora.

El marqués tenía tíos y primos y un hermano que no pudo estar presente pues se encontraba de viaje, era uno de esos caballeros cultos exploradores que pasaban la vida haciendo excursiones.

Luego estaban sus amigos más cercanos, coleccionistas y bohemios, el coronel Maurice Druell un caballero muy agradable y hasta un pintor que dibujó unos bocetos suyos durante un picnic una tarde calurosa al aire libro.

Fontaine observó los dibujos de mal talante y Evie tuvo que contener la risa al notar que estaba celoso no por su gesto de quitarle los dibujos a su amigo sino por haberla apartado de todos los visitantes de forma casi constante.

Ella pensó que exageraba por supuesto pues los franceses eran galantes con todas las damas y además era la prometida de su anfitrión. Sin embargo, sus celos la divertían y de pronto comprendía por qué todo ese tiempo la había mantenido encerrada en su castillo lejos de sus amistades y parientes. Lejos de su país, de su prometido, de su hogar... ¿Lo sabrían sus parientes y amigos? ¿Sabrían que la había raptado? Por supuesto que no, el marqués tenía sus secretos, secretos que comenzaba a conocer, secretos que temía descubrir...

—Lo siento mademoiselle, no quise incomodarla con mis dibujos—dijo el joven pintor afectado por los comentarios de Fontaine, este se había alejado para participar de la partida de caza.

A ella le horrorizaba presenciar cómo esos nobles mataban ciervos por diversión, a su padre nunca le había agradado ese deporte noble y no permitía que cazaran en Richmond house, sin embargo, sus ojos siguieron al marqués en su traje oscuro pensando que era un hombre tan atractivo.

—Descuide, son muy bonitos sus bocetos—le respondió al pintor antes de alejarse porque tía Claire la llamaba.

La tía parecía muy ansiosa de decirle algo sobre la fiesta de bodas, pero Evie no le prestó atención, no hacía más que recordar la mirada del marqués al ver los dibujos de su amigo pintor.

—Evie, estáis muy distraída hoy—se quejó tía Claire antes de pedirle que convenciera a su prometido que debían celebrar una fiesta y banquete por todo lo alto.

—Su esposa anterior murió hace dos años y no tiene hijos. Creo que sería apropiada una boda discreta.

Ella dijo que lo intentaría, pero sabía que su futuro esposo no quería una fiesta como insistía a tía Claire, era viudo y seguramente por esa razón no quería un festejo importante sino discreto.

Mientras recorrían los jardines la tía de Fontaine miró a su alrededor y le dijo:

—Ten paciencia con mi sobrino, Evelyn.

Evie miró a la dama sin comprender.

—¿Por qué lo dice, madame Claire?

—Es que los ingleses son tan fríos y racionales, me temo que le cueste entender un temperamento como el del marqués señorita Gaveston. Eso quise advertirle. Tenga paciencia y sea comprensiva, él es viudo y usted no es una noble francesa, temo que desconoce por completo nuestro temperamento y costumbres.

Evie abrió a boca para replicar, pero prefirió no hacerlo pues habría sido descortés, esa dama pensaba que ella no sería una esposa adecuada porque era inglesa, fría y racional. Su padre se lo había advertido hacía tiempo.

—Tal vez me crea descortés, mademoiselle Gaveston—dijo entonces la dama—Pero temo que nadie más podría aconsejarla. Mi sobrino es un hombre muy orgulloso y de carácter ingobernable, procure no contrariar su voluntad y si tiene fantasías románticas con esta boda olvídelo. Mi sobrino necesita herederos por eso la prisa por casarse, si le da hijos sanos él la querrá, pero debe ser paciente y comprensiva. Su matrimonio anterior fue muy desafortunado y sé que es un estado que no le agrada demasiado. Él tenía una dama a quien visitaba en el pasado, una mujer a la que no voy a nombrar ahora. Si desea apartarle de esa víbora sea una esposa sumisa y complaciente, no evite la intimidad como hacen todas las damiselas remilgadas inglesas que conozco. Perdone mi franqueza, pero deseo lo mejor para mi querido sobrino y él no es ese caballero andante que se imagina, tiene un carácter muy fuerte procure no contradecirle ni mostrarse tozuda y caprichosa—la dama resopló algo molesta—realmente es una pena que las damas inglesas no lean el manual de la esposa de Euphemia Laurent, no las preparan ni educan para el matrimonio, usted se ve tan inocente, tan frágil, no está preparada para casarse.

Tenía razón, no lo estaba pero que una parienta del marqués tan cercana lo notara la hizo sentirse muy mal, esa conversación realmente la incomodaba. Madame Clarise no hacía más que realizar observaciones y realizar preguntas retóricas y ella por educación debía escucharla, pero no se quedaría a escuchar el resto.

—Discúlpeme madame, debo regresar al chateau ahora—murmuró y se alejó sin esperar una respuesta de aprobación. Tal vez fuera una joven inmadura, una fría inglesa que no tenía suficiente linaje para esa boda, pero no permitiría que los parientes de su prometido la humillaran por esa razón porque Fontaine sí quería desposarla y estaba segura de que a él particularmente le importaba un bledo lo que dijeran los demás.

Sin embargo, mientras se alejaba notó las miradas de desdén a su paso como si los pensamientos de tía Claire fueran compartidos por todos ellos: amigos, parientes y allegados: ella no era más que una jovencita inglesa fría y consentida, no tenía derecho a casarse con el marqués de Fontaine.

Apuró el paso y entonces pensó en las palabras de madame Claire acerca de su sobrino, no podía quitárselas de la cabeza pues su preocupación no era porque realizara un matrimonio que a sus ojos era "desigual" sino que ella actuara de forma inapropiada. "Él se casa para tener herederos mademoiselle" le había dicho entre otras cosas. "No lo contradiga ni se muestre tozuda y caprichosa ". Pues ella no era ni una cosa ni la otra y sus padres sí la habían educado y sabía muy bien cuáles eran los deberes y obligaciones de una esposa, no necesitaba leer un ridículo manual para saberlo.

Evie estaba furiosa y su rabia no terminó allí pues mientras se adentraba en los jardines escuchó a unas damas conversar sobre su boda.

—Qué extraño que Fontaine escogiera a una dama inglesa, todos creíamos que se casaría con su prima Laura—dijo una dama de orgulloso porte y cabello castaño sujeto en un moño muy alto adornado con un ridículo sombrerito lleno de flores artificiales.

La otra joven se encogió de hombros y dijo: —Algunos caballeros sucumben a la belleza de una dama, Anne, es lo que siempre dice mi madre. Buscan belleza y olvidan el linaje y las buenas maneras. ¿No habéis notado cómo miraba a la dama inglesa?

Esas palabras molestaron a la joven del sombrerito.

—Sí, lo noté, pero ella no tiene la clase ni el linaje de la pobre Marie—expresó con un gesto de desdén.

—Por cierto, que no—le concedió su amiga—Marie Claire era una verdadera dama, pero no tenía salud para el matrimonio.

—Es verdad, ella quería ser monja y sin embargo creo que Fontaine la adoraba.

—¿Tú lo crees? —su amiga parecía dudar.

—Oh por supuesto que sí—replicó la dama del sombrerito moviéndose de forma enérgica—Se conocían desde niños y os aseguro que esta boda parece más un capricho, se encaprichó de la jovencita inglesa, la hizo su amante y ahora debe casarse con ella porque es un caballero.

No podía creer lo que oía ni pudo seguir escuchando una conversación tan absurda y se alejó más furiosa que antes. ¿Entonces creían que era la amante del marqués y que por eso se casaba con ella?

No era la amante del marqués y no entendía por qué esos franceses tenían tanta animosidad hacia ella, ¿sólo porque no era noble ni francesa?

Luego recordó a esa dama que sí era la amante del francés y que tía Claire mencionó hacía un momento. ¿Tenía su prometido una amante y luego cuando se casarán la mantendría como tal? Una oleada de rabia la agitó entonces. ¿Cómo podía aceptar con naturalidad que su futuro esposo tuviera una amante escondida? ¿Quién era ella, acaso estaba presente en esos momentos mofándose de ella a escondidas?

Pues no necesitaban ser amantes del marqués para hacerlo, al parecer nadie estaba conforme con esa boda a pesar de fingir una fría cortesía. Evie estaba tan furiosa que en esos momentos sintió irrefrenables deseos de huir.

No se casaría con el marqués, no lo haría. Su padre le había advertido que era un hombre inmoral que tenía amantes mientras estaba casado y lo hacía con total naturalidad, a pesar de que entonces no lo había entendido con tanta crudeza ahora lo comprendía perfectamente. Para él era normal y aceptable. Era un marqués y podía hacer lo que se le antojara como todos sus ancestros, o tal vez era una tradición de los Fontaine casarse y tener una amante porque al parecer una sola esposa era insuficiente para su temperamento lujurioso.

Entró en el chateau sin mirar a nadie y se encerró en su habitación sintiéndose furiosa y engañada, porque mientras caminaba de un sitio a otro como una fiera enjaulada pensaba que todo había sido un embuste. Quería casarse con ella porque necesitaba herederos y una esposa que convirtiera su chateau en un lugar respetable, su vida respetable mientras su esposo planeaba reunirse en secreto con su amante, si es que no tenía más de una... y ella estaría a salvo mientras le diera herederos y no lo contrariara en nada.

Sus miradas y sus besos, los momentos que habían compartido en el pasado y ahora no eran más que un engaño, un artilugio de seducción para lograr sus propósitos. No había nada más que eso... nunca hubo algo especial entre los dos, al menos no de su parte.

Observó la habitación con los ojos empañados. Odiaba sentirse así, engañada, embaucada y empujada a ser la pieza que faltaba del mosaico, de haber sido sincero, tal vez...

Debía escapar de ese castillo, debía hacerlo.

Juntó sus pertenencias en su maleta, pero de pronto comprendió que esos vestidos no eran suyos, habían sido obsequiados por el marqués, pero sí tenía sus joyas, él se la había devuelto días atrás. Eso debía llevarlo porque lo necesitaría para el viaje. Y para sobornar a algún criado. Uno de ellos era muy amable y la miraba con fijeza, tal vez si le entregaba su sortija buscaría la forma de conseguirle un pasaje a Devon, de regreso a su hogar.

Sus pensamientos eran un torbellino.

Estaba furiosa y herida, pero de pronto comprendió no quería marcharse, no deseaba hacerlo... esconderse tal vez y hacer que la buscara, que se volviera loco pensando que había desaparecido del castillo sin dejar rastro.

La imagen reflejada en el espejo la hizo retroceder, estaba llorando de rabia, desilusionada de todo, pero más que rabia en sus ojos azules había dolor, tristeza y luchaba para no echarse a llorar. Demonios, se había ilusionado, había permitido que ese hombre la embaucara y embrujara...

Un golpe en la puerta hizo que soltara la maleta al instante. ¿Quién llamaba a esa hora?

No respondió y los golpes se oyeron más firmes.

—Mademoiselle Evie, ¿está usted bien?

Tembló al oír su voz. Maurice Fontaine estaba allí como si adivinara que estaba planeando su huida, no podía ser...

Abrió la puerta porque estaba furiosa y temblaba de rabia, ella no era una dama remilgada y fría como creían esos franceses. Sólo callaba por educación, pero en ocasiones sabía que la educación y los modales no servían de mucho ante personas sin escrúpulos como ese marqués seductor.

Lo miró frente a frente y sostuvo su mirada mientras luchaba contra el temblor que amenazaba con hacerle perder la calma por completo.

El marqués supo que algo le pasaba con solo mirarla y se acercó con expresión de sorpresa y alarma.

—Señorita Evie, ¿qué ocurre aquí? ¿Por qué tiene esa maleta junto a su cama? —quiso saber.

Evie retrocedió unos pasos y lo enfrentó.

—Usted me ha engañado Monsieur, desea casarse conmigo para que le dé herederos y mientras, mantiene un romance clandestino con una dama francesa a mis espaldas. No lo niegue, su tía me lo dijo.

Sus palabras le provocaron un vivo espanto, pudo verlo y no era para menos.

—¿Fue tía Claire?

Ella asintió despacio.

—Lo lamento señorita Evie, me siento muy apenado por la malicia de mi tía, debí imaginarlo. Míreme por favor, no llore. No la he engañado, ¿acaso cree que hice todo esto porque necesitaba una esposa que me dé hijos? No es verdad. No lo crea por favor. Creo que quise que fuera mi esposa el día que llegó aquí con su padre y no me mire así, no le he mentido. Jamás le dije que fuera un santo, he tenido mis amoríos, pero no en este momento. Quiero una esposa que sea mi compañera y me ame y responda a mi cariño con entera devoción. Sueño con el día en que escuche de sus labios que me ama, sueño con el amor mademoiselle por eso cometí ese acto de pillaje, jamás me habría atrevido a ser tan osado de no haber estado convencido de que será la esposa perfecta para mí.

—Eso no es verdad, nadie lo cree así, todos dicen que se casa por las obligaciones de su linaje. No soy la esposa apropiada, su tía y sus parientes me creen una remilgada y fría señorita inglesa.

—Señorita Evelyn por favor, ¿qué importa lo que digan los demás? Mi tía no está muy bien de la cabeza, ¿sabe? Es su debilidad, una sinceridad brutal y casi infantil, no ha crecido me temo a pesar de los años. Imaginará que una dama educada y sensata jamás habría hecho comentarios como ese, pero ese es el problema: mi tía no es ni sensata ni una dama normal del todo. Y le pido mil disculpas por ese incidente y en cuanto a lo demás le ruego que ignore los comentarios que escuche de aquí en más, debe estar segura de usted misma y de sus sentimientos, eso es lo único que cuenta. ¿Y eso qué importa? Sospecho que hablan de pura envidia porque es una damisela muy dulce y hermosa, para mí es adorable y este no es un matrimonio forzado ni concertado a pesar de que prometí a su padre que la cuidaría y convertiría a mi esposa, no espero que sea una boda forzada. Le he pedido su consentimiento y usted me lo ha dado con cierta reserva, pudo negarse, suplicarme que la regresara a su hogar, pudo hacerlo, no la habría retenido entonces. Pero dio su palabra de que se casará conmigo. Lo hizo.

—Y escondió mis joyas y la carta, y me vigila todo el tiempo. Soy su prisionera y sabe que estoy atrapada. Ha logrado cautivar mi mente y mi corazón y ya no sé si llorar o escapar. No puedo pesar con claridad y sin embargo usted me ha engañado desde el principio. Mi padre no escribió esa carta, estoy casi segura de ello, él siempre creyó que era usted un pícaro marqués y por eso no volvió a traerme aquí en sus viajes. Sospechaba de sus intenciones al ser un hombre casado.

Los ojos del marqués brillaron de rabia y de pronto su rostro fue como una máscara burlona y maligna.

—Me ha descubierto madame, lo ha hecho... Es verdad, su padre jamás escribió esa carta ni quiso entregarla a usted a cambio de su deuda, era su tesoro más valioso y pensaba que no era digno de usted Evie.

Evelyn no podía creerlo, era tan inesperado, que lo confesara así, sin reparos.

—¿Es que nunca dejará de mentir, de embaucar Monsieur Fontaine? ¿Cómo espera que le crea cuando jura sentir algo especial por mí, cuando asegura que seré la esposa perfecta para usted? No le creo... tal vez hizo esto porque necesita una esposa que le dé herederos. Ya no sé qué pensar ahora y no puedo casarme con un hombre que se ha valido de engaños para traerme a su castillo y persuadirme de que acepte casarme con él.

—¿Entonces desea romper nuestro compromiso? —su mirada cambió, expresando tristeza y ansiedad, ya no era el marqués diabólico y embustero era un hombre común que temía su respuesta.

Evie sintió un nudo en la garganta al decir que sí quería hacerlo.

—Quiero regresar a mi país y olvidar ésta loca aventura Monsieur, no quiero tener que soportar sus mentiras el resto de mi vida y aceptarlo todo estoica, sin decir palabra como espera que lo haga.

El marqués aceptó su réplica sin decir palabra, pero no dejaba de mirar sus ojos que se había humedecido sin que pudiera evitarlo. Había hablado guiada por un impulso, porque estaba furiosa y herida, pero no se sentía tan segura de querer abandonarlo todo. A pesar de sus mentiras, de la carta falsa y demás. Ese hombre despertaba cosas que la mareaban y confundían. Había algo entre ellos, desde el principio, ¿por qué negarlo? Durante años había pensado en él, guapo y diabólico, distante como en un sueño, no, nunca le había olvidado y por ello, su boda con Chandler no había sido deseada. Accedió porque su familia la había presionado y convencido de que no tenía otra opción. Pero en sus fantasías, en sus sueños prohibidos siempre había estado el marqués y cuando lo vio triste se sintió mucho peor.

—Respeto su decisión señorita—lo oyó decir—pero le ruego que espere hasta que hable con mis invitados porque han realizado un viaje desde muy lejos y no puedo pedirles que se marchen ahora. Si no desea ser mi esposa no la obligaré, no soy un villano. Puede estar tranquila de ello. Lamento mucho haberla engañado, haberle mentido, fue necesario sí pero no menos condenable me temo.

—Está bien, esperaré unos días para regresar a mi casa—respondió ella nada contenta con la posibilidad de regresar a su país. De pronto sintió un vacío espantoso. ¿Cómo sería su vida sin ese hombre embustero y fascinante que la hacía temblar de pies a cabeza con solo mirarla?

Esa noche le costó conciliar el sueño, se sentía triste y desanimada, arrepentida de haberse enojado por lo que dijeran los familiares del marqués, debió imaginar que no la aceptarían de buenas a primeras y la mirarían con malos ojos. Y si él le había pedido matrimonio, si la atrajo con engaños al chateau, y ahora le decía que sería la esposa perfecta, ¿por qué lo había rechazado asegurando que deseaba regresar a su casa? No era del todo cierto, su orgullo se lo decía no su corazón, pero tal vez fuera lo mejor, lo más sensato. ¿Cómo podía amar a un hombre en quien no confiaba? Un hombre que la había embaucado para conseguir sus fines.

No hacía más que lamentarse sin poder conciliar el sueño, estaba confundida, su sentido común le decía que era lo más prudente, su corazón estaba destrozado y no hacía más que hacerle reproches. De pronto comenzaba a entender que ese hombre no sólo la había raptado el día de su boda, sino que había cautivado su corazón, se lo había robado mucho tiempo atrás y ahora al pensar que iba a perderle sentía un vacío espantoso. No, no podría soportarlo, no podría vivir sin él.

Demonios, se había enamorado de ese hombre y al diablo con regresar a su país, reunirse con su familia. Su vida quedaría arruinada para siempre y sólo podía imaginarse como una de esas pobres solteronas de la familia que luego de sufrir un desengaño permanecían solteras el resto de sus vidas, atesorando una rosa ya marchita dentro de las páginas de algún libro de poemas de amor, aferradas al recuerdo de ese viejo amor que pudo ser y no fue. Tristes y amargadas, rígidas, igual que esa flor que en un comienzo fue suave y hermosa convertida en vestigio, en la sombra de sus días más felices.

Pues ella no quería convertirse en una de ellas por orgullo, por necedad, por querer que su enamorado fuera perfecto. Nada era perfecto en ese mundo y ese hombre había hecho mil cosas para conquistarla, ¿acaso estaba ciega?

****

Al día siguiente no se sentía mucho mejor, estaba tan deprimida que le costó un buen rato abandonar la cama y vestirse, lo hizo porque su nueva doncella llegó muy entusiasta para decirle que había un pariente suyo que le urgía verla.

—¿Un pariente? —Evie miró aturdida a la criada.

Ella sonreía de oreja a oreja mientras ajustaba su corsé con prisa.

—OH sí mademoiselle, es un caballero muy guapo, su primo Albert creo que dijo, pero no recuerdo bien, ha venido para su boda y el marqués me ha pedido que le avise para que vaya a recibirle.

¿Su primo Albert? No tenía ningún primo que se llamara así ni tampoco había avisado a nadie de su boda. ¡Qué extraño!

Abandonó la habitación momentos después escoltada por su doncella, sintiéndose nerviosa y triste por tener que saludar a sus parientes y decirles que esa boda no iba a celebrarse.

Pero cuando entró en el salón principal vio al marqués y tembló de pies a cabeza. Su mirada intensa la traspasó y no pudo apartar su mirada hasta que oyó una voz decir su nombre. Conocía esa voz y entonces lo vio parado frente a ella. No podía ser. Raymond Chandler en persona y no había ido solo, un grupo de caballeros lo acompañaban.

—Señorita Gaveston—dijo y su voz retumbó en todo el salón—he venido a rescatarla de su cautiverio pues me consta que este caballero la raptó hace más de un mes, el día de nuestra boda.

Ella lo miró aturdida, Chandler estaba allí y parecía tan absurdo como el sueño más loco que hubiera tenido. No quería ser rescatada, diantres, al diablo. No podía creerlo. Lo había hecho, había ido a buscarla luego de averiguar que había sido el marqués quien la había raptado. Y allí estaba mirándola con ansiedad, intentando brindarle todo su apoyo y consuelo para que confiara en él y le dijera la verdad al sheriff y su abogado. Había llevado un sheriff de Devon a Picardía para intentar apresar al marqués, Chandler estaba loco.

—No tenéis que fingir, nada debéis de temer de este francés demente, el ya no puede reteneros aquí contra vuestra voluntad—continuó Chandler en tono algo pomposo.

Ella miró a uno a y otro desesperado. ¿Acaso planeaba llevarla de regreso a Devon y desposarla como si nada hubiera pasado? Pues había tardado demasiado, un mes entero. Miró a Fontaine y sintió que su corazón se partía, su mirada era tan triste y suplicante, diablos...

—Señor Chandler me siento abrumada por su visita, realmente no me lo esperaba—tuvo que decirle—. Lamento mucho que viniera sin escribirme ni una carta—le respondió.

Sus palabras fueron como un cubo de agua fría para Raymond Chandler, pudo verlo en sus ojos.

—No comprendo señorita Gaveston, debería sentirse agradecida. No tiene que fingir conmigo, por favor, he venido a salvarla. Ese caballero no podrá retenerla aquí contra su voluntad—hizo una pausa y agregó algo desesperado: —Sólo tiene que testificar que fue raptada ese día, los sirvientes de su mansión dieron su palabra al respecto, vieron cómo el carruaje del señor Fontaine la llevaba a toda velocidad de la mansión de su tío el día de nuestra boda. Fue tan cruel, tan malvado de su parte señor Fontaine.

Si ella decía eso el marqués sería prendido como un criminal y peor aún: lo perdería para siempre. Rayos, ella no quería regresar con Chandler, aceptó casarse con él forzada por las circunstancias, no sentía más que un tibio afecto, como el que sentiría por un buen amigo. No lo amaba. El amor lo había conocido en Francia y tenía un nombre: Maurice Fontaine.

Apartó la mirada y enfrentó a su antiguo prometido.

—Señor Chandler, por favor escuche lo que tengo que decirle. No me ha dejado decir palabra desde que entré en esta habitación—se quejó ella y miró de reojo al marqués que parecía estar pendiente de sus palabras. Debía estar furioso por la intromisión de Chandler y sus acompañantes acusándole de rapto o tal vez temía que lo acusara y pusiera fin a esa aventura de una vez y ella temblaba porque comprendía que si decía la verdad sería el fin. Por eso tomó aire y continuó: —Lo siento mucho, señor Chandler. Creo que no estaba lista para casarme con usted, no podía hacerlo porque lo habría engañado. Hace años que amo al marqués en secreto, pero sabía que era un amor triste y condenado desde el comienzo—declaró.

Chandler no salía en sí del asombro, no podía creerlo ni ella podía entender de dónde sacaba fuerzas para confesar que se había fugado con otro caballero el día de su boda como una joven atrevida y desvergonzada.

—Perdóneme señor Chandler, pero no puedo permitir que culpe a un hombre inocente, yo soy la única culpable y, además, el marqués es mi prometido ahora y vamos a casarnos en unos días. Él no me raptó señores y no pueden culparlo porque vine aquí por mi propia voluntad.

Tuvo que mentir para salvarlo y no le pesó hacerlo.

Chandler enrojeció y palideció después, realmente no esperaba que dijera eso.

—Usted está mintiendo señorita Evie, no le creo. Sus ojos dicen lo contrario, en su mirada veo que está aterrada por el mal que este sujeto le ha causado al raptarla. Es un malvado que actuó de forma censurable al robarse a mi prometida, usted es mi prometida señorita Gaveston y no puede casarse con otro hombre—dijo.

Su antiguo prometido estaba desesperado, pero nadie oyó sus palabras, el marqués se acercó y tomó sus manos y la besó.

—Mi prometida le ha dicho la verdad, me temo que ha exagerado un poco al venir a mi castillo a acusarme de rapto, señor Chandler—dijo luego.

Su mirada lo decía todo y ella se emocionó al sentir ese contacto, lo necesitaba tanto en esos momentos.

Chandler estaba acorralado y lo sabía y por unos instantes no habló, se quedó mirándoles como si fueran dos malvados conspiradores empeñados en hundirle.

—Está mintiendo—dijo de pronto—Marqués Fontaine, es un hombre sin honor y sospecho que está amenazando a mi prometida para que no lo acuse, se escuda en una mujer. Pero le aseguro que no he venido aquí a ser derrotado. La señorita Gaveston es mi prometida y no regresaré a mi país sin ella, no lo haré—dijo y sacó una pistola para apuntarle a la cabeza.

Evelyn gritó espantada y el marqués la apartó despacio y luego la miró.

—¿Va a dispararme señor Chandler? Vaya, no sabía que los ingleses fueran tan rastreros y cobardes—dijo.

Chandler estaba furioso y avanzó hacia el marqués sin detenerse.

—Usted me ha deshonrado al robarme a mi prometida, ella jamás estuvo enamorada de usted, no importa las mentiras que pretenda decirme, no le creo una palabra. Sólo exijo una satisfacción porque me ha agraviado y porque pelearé por Evie hasta el último aliento. Yo sí la amo y siempre la he respetado, usted la raptó como un bribón y no pretenda engañarme, la robó de mi lado como un villano ese día sin importarle que ella tuviera un compromiso. ¡El mismo día de mi boda! ¿Tiene idea de la vergüenza que pasé, el dolor que sufrí ese día al enterarme de que mi novia había desaparecido sin dejar rastro? Usted me arruinó maldito francés y no escapará a que lo rete a duelo. Si gano me llevaré a la señorita Gaveston de regreso a Devon, si pierdo regresaré a mi país con la satisfacción de haber tenido al menos una efímera venganza. Me lo debe. Si se niega porque sospecho que es un cobarde, pues daré el duelo como terminado y la victoria será mía.

Evie quiso intervenir, pero no pudo evitar que el marqués aceptara su desafío.

—En tres días será mi boda señor Chandler, así que exijo que sea mañana al atardecer. Mi mayordomo será mi padrino entregará las pistolas, lo espero aquí mismo a las cinco Monsieur Chandler—le respondió.

Chandler se marchó muy satisfecho con el trato, pero Evie estaba desesperada pues acababa de salvar a Fontaine de ir a prisión, pero ahora acababa de ser retado a duelo y temblaba ante la posibilidad de que fuera herido o algo peor.

Una vez a solas el marqués él la envolvió entre sus brazos y la apretó contra su pecho sin dejar de mirarla.

—Gracias preciosa, no tengo palabras para agradecerte... pensé que dirías la verdad y que tendría soportar que ese petimetre inglés os llevara consigo. Pero os aseguro que le habría matado, lo había hecho, no habría permitido que os robara de mi lado—le dijo.

Evie sintió tristeza al oír sus palabras.

—No me deis las gracias, Chandler os ha desafiado y vos aceptasteis batiros con él. ¿Por qué siempre resolvéis vuestros problemas con pistolas?

—Bueno, creo que se lo debo Evie, tiene razón. Le robé a su novia y lo deshonré, es justo lo que pide. Sólo es un duelo, os aseguro que no es el primero que he tenido, lo venceré con facilidad.

—Pero no es justo Fontaine, por favor. No podría soportar que algo te pasara. Me casaré contigo, pero por favor detén ese duelo, debes hacerlo. Moriría de tristeza si Chandler os matara y tendría que vivir con eso el resto de mi vida.

Él sonrió nada preocupado por el asunto, parecía muy seguro de que ganaría el duelo.

—Tranquila, no moriré preciosa, os doy mi palabra. Le daré su merecido a ese inglés, ¿olvidáis que salgo a menudo a cazar? Además, es justo porque en realidad sí robé a su prometida y es un precio muy bajo por teneros a mi lado.

—Fue mi culpa, jamás debí aceptar esa boda con Chandler.

—No, no lo fue, deja de culparte. Me habéis salvado de esos mequetrefes ingleses que llegaron de Devon y de rodillas os doy las gracias por haberme escogido, aunque fuera por pena, os prometo que seré un esposo amante y fiel, no deseo otra cosa que haceros feliz, Evie—dijo y la tomó entre sus brazos y la besó.

Evelyn se emocionó al estar entre sus brazos y sentir sus besos, sentía tanto alivio de no haberle perdido, todas las horas de angustias se habían esfumado en un instante. Excepto por el duelo, ese duelo la llenaba de angustia, jamás pensó que Chandler haría eso. Y por más que Fontaine le dijera que no corría peligro ella no podía dejar de sentir esa angustia dentro de su pecho. Tenía un mal presentimiento y por más que lo intentara no podía evitar angustiarse.

—No temáis preciosa, todo pasará y en tres días os convertiré en mi esposa como siempre soñé—dijo.

—Rezaré por ti Fontaine, como me enseñó el padre Antoine.

Él sonrió.

—Y sé que el señor escuchará vuestras plegarias porque sois un ángel, Evie—le respondió.

****

El día del duelo amaneció sereno y nublado y Evie fue a rezar a la capilla del castillo a media mañana como había prometido escoltada por su fiel doncella Marie. Rogó al señor que salvara al marqués, no le pedía nada más. Aunque tampoco deseaba que Chandler fuera herido, sus sentimientos eran encontrados. Todo había sido tan repentino y extraño. Su llegada al castillo con alguaciles pretendiendo rescatarla y enviar a Fontaine a prisión por rapto y luego exigió ese duelo... no lograba entender por qué lo hacía si ella le aseguró que lo había abandonado.

Cuando se alejó momentos después se sintió más reconfortada, pero sabía que sería un día difícil.

—No tema mademoiselle, el marqués jamás ha errado un tiro en un duelo —dijo Marie mientras emprendían el camino de regreso.

Esas palabras en vez de tranquilizarla la inquietaron aún más.

—¿Entonces el marqués ha participado de otros duelos? —murmuró.

La doncella sonrió.

—Algunas veces cuando era más joven, aquí los duelos son frecuentes mademoiselle y por eso le aseguro que Monsieur Fontaine saldrá ileso.

—Espero que así sea, Marie.

Evie guardó silencio como le había pedido Fontaine y durante el almuerzo de ese día junto a sus invitados no dijo palabra y se mantuvo silenciosa. Tía Claire hizo algún comentario sobre la boda, pero no le prestó atención, sus pensamientos volaron al bendito duelo y a media tarde, estaba tan nerviosa que no hacía más que caminar de un lado a otro del edificio buscando de esa forma dominar su agitación.

Si algo le pasaba a su prometido no se lo perdonaría, si algo le pasaba a Maurice la vida no tendría sentido para ella.

—Evie, ¿qué tienes? —preguntó Fontaine apareciendo de repente.

Ella se detuvo y lo miró sorprendida.

—Estoy muy alterada, no dejo de pensar en el duelo y tú...—dijo y observó que llevaba una capa y un sombrero de ala ancha como si fuera a salir— ¿Acaso os iréis ahora?

—Sí, al parecer Chandler quiere adelantar el duelo y me ha enviado un mensaje para que acuda en media hora al castillo de Pinere. Al parecer pertenece a uno de sus amigos.

—Creí que sería aquí.

—Bueno, hubo un cambio de planes y no importa. Pero antes de partir quisiera que me acompañarais a un lugar donde estaréis a salvo.

—¿A salvo? Pero tú vas a regresar, lo harás ¿verdad?

El marqués sonrió.

—Por supuesto, pero es por si acaso ese inglés intenta algo aprovechando mi ausencia. No me fío de Chandler.

—Pero Chandler es un caballero, jamás me haría daño.

—Es que no ha venido solo preciosa, eso es lo que me preocupa. Ven, acompáñame.

Evie obedeció y siguió sus pasos intrigada.

—Aguarda Monsieur Fontaine, por favor, ¿y si todo es una trampa para alejarlo del castillo y luego...? —Evie no terminó la frase porque el marqués se detuvo y le robó un beso.

—Descuida, estaré bien, sé usar las pistolas y si acaso vuestro enamorado trama algo sucio en mi ausencia, os pondré a resguardo en un lugar secreto que sólo los habitantes del castillo conocen. Allí estarás a salvo mientras dure el duelo.

—Pero ¿cree que sea necesario?

—Me temo que sí, señorita Evie, no permitiré que ese cretino intente llevársela por la fuerza como lo intentó ayer. Ven, por aquí...

Evelyn avanzó por la escalera mientras Fontaine la seguía. La escalera en forma de espiral ascendía y parecía interminable, estrecha y la asustaba. Hasta que de pronto llegaron a las habitaciones ubicadas en lo alto de una torre y ella se estremeció al entrar en esa habitación estrecha y escondida que olía a humedad. Odiaba quedarse escondida y encerrada en ese lugar.

—No quiero quedarme aquí, por favor Fontaine—le suplicó—Este lugar me da escalofríos.

Él se acercó y la abrazó.

—Tranquila, no temas, estarás a salvo, nadie tiene la llave de este lugar, pero le pediré a vuestra doncella que venga a haceros compañía. Tenéis luz y una ventana en lo alto. Sólo os quedaréis aquí dos horas hasta que termine el duelo y pueda regresar al castillo. Pero cierra bien la puerta cuando me vaya, lleva dos cerrojos.

Evie miró a su alrededor y tembló, no quería quedarse allí pero cuando vio a Marie con una bandeja y a otra criada con mantas y se animó.

—Aquí estaréis a salvo, Evie—dijo el marqués antes de marcharse.

Ella tembló al verle partir pues tuvo un mal presentimiento, una extraña corazonada que llegó de repente.

Su doncella se acercó y le entregó una copa con un zumo de naranja y unos pastelillos de hojaldre. No tenía hambre, pero ese jugo estaba delicioso y descubrió que repente tenía mucha sed.

—No tema mademoiselle, el marqués saldrá ileso. Puede descansar si gusta, aguarde, la ayudaré—dijo Marie.

Evie bostezó y sintió una rara somnolencia y sed, mucha sed mientras se acostaba. Estaba tan nerviosa, temía que Fontaine no regresara, pero de pronto mientras terminaba de beber la copa y se acostaba escuchando a la doncella parlanchina sintió que sus ojos se cerraban. Estaba dormida. Peor que eso. De pronto comprendió que algo muy raro había pasado.

—Marie, ¿qué le habéis echado al jugo que bebí? —protestó luchando por mantener los ojos abiertos pero los párpados le pesaban.

Los ojos de la doncella se abrieron mostrando culpa y turbación.

—Debe descansar, mademoiselle—murmuró.

Fue lo último que escuchó antes de quedar profundamente dormida.

****

Despertó aturdida y cansada, sintiendo que algo ocurría en su habitación. Se movía de un sitio a otro, meciéndose para aquí y para allá como si fuera una embarcación. Quiso despertar varias veces, pero no pudo, los ojos se cerraban, sentía los párpados cansados. ¿Qué estaba pasando? Todo era tan oscuro y confuso.

De pronto comprendió que esa no era la habitación de la torre sino la biblioteca del castillo, la habían llevado hasta allí y ahora estaba atada a una silla y no podía moverse, ni gritar porque su boca tenía una mordaza.

—Señorita Gaveston, vaya, al fin ha despertado—dijo una conocida voz.

Al verle allí parado despertó de golpe. El señor Chandler estaba allí con sus hombres y estos buscaban frenéticos a su alrededor mientras su prometido apuntaba a los criados con una pistola diciéndoles en francés que buscaran el maldito libro o los mataría a todos.

Pensó que era una pesadilla, eso no podía ser real, no podía estar pasando, Raymond Chandler jamás actuaría así. Pero al mirarlo con fijeza comprendió que estaba muy cambiado, había sufrido una transformación que no podía entender.

—Vaya, al fin ha despertado—dijo avanzando hacia ella con rapidez con la pistola aun en su mano.

Evie tembló cuando lo tuvo enfrente porque no era el hombre que había conocido, tan amable y bondadoso, sus ojos tenían una expresión loca y salvaje y en sus labios se dibujaba una expresión decididamente malvada. Como si el caballero que la frecuentaba en el pasado fuera una simple máscara para ocultar al loco y malvado Chandler obsesionado con las ciencias oscuras y ese libro. De pronto lo vio todo con claridad cuando comenzó a hablar.

—Usted entregó los libros al francés como una tonta, él la engañó, le hizo creer que eran suyos y eran de su padre. Hace años que busco ese ejemplar y cuando supe que sir Gaveston lo tenía en su poder y había muerto de forma súbita... Fui a visitarla y la cortejé, pero Andrew Brentley se interpuso y armó esa maquinación absurda del tutor. Él también quería esos libros prohibidos, su padre los tenía todos, era el único que los tenía y durante algún tiempo los mantuvo escondidos. Hasta que al escribir un artículo en un periódico de Londres se delató, era uno de esos intelectuales que les gustaba alardear y presumir de sus conocimientos en la demonología. Y sabía cosas que sólo estaban escritas en esos libros señorita, el arte de invocar al diablo, primero debes conocer sus secretos, su historia, luego hay rituales escritos en ese libro que son muy poderosos. Pensé que si la desposaba tendría los libros, usted aseguró que los había escondido bien y luego se los dio a ese francés astuto y zorro. Él también los quería.

—Señor Chandler, ¿entonces hizo todo esto por el libro? ¿Usted es un miembro de la secta de seguidores de satán?

Él sonrió, pero su sonrisa era perversa, en ella no había burla ni alegría, sólo maldad.

—Soy un coleccionista señorita Evie, como lo fue su padre, mi obsesión por tener completa la saga de invocación se convirtió en obsesión para mí y pensé que si la desposaba tendría esos libros raros que atesoró su padre en vida. Además, también necesitaba una esposa que me diera herederos, lo confieso y usted esa una dama sana y hermosa. Pensé que sería apropiada para mí, jamás imaginé que ese francés había estado cortejándola y usted pensaba abandonarme por él. Al final no es muy diferente a las otras mujeres que conocí en el pasado, parece un ángel, pero en realidad es una joven débil que fue embaucada por un seductor.

Evelyn no replicó, estaba tan nerviosa y asustada con ese hombre allí portando una pistola que pensó que lo mejor era guardar silencio y no contrariarle. Acababa de saber por qué lo había hecho y entonces, como por encanto apareció le diable de Pergot. Uno de los abogados que había ido a la mansión los tenía en su poder.

—Vaya, al fin apareció el maldito libro—dijo Chandler y luego la miró—Bueno, creo que no tenemos nada que hacer aquí señorita.

Ella sintió alivio de que se marcharan, pero de pronto se preguntó con angustia dónde estaría Fontaine, sin embargo, no se atrevió a hacer esa pregunta. Los criados permanecían inmóviles y expectantes mientras sir Chandler tomaba uno de los libros y lo hojeaba exultante y sus hombres la liberaban de las sogas. Era libre para regresar a buscar a Fontaine...

Pero Chandler tenía otros planes.

—No tan rápido, señorita Gaveston. ¿A dónde cree que va? ¿De veras cree que podrá regresar en busca de su enamorado francés?

Ella lo miró espantada, tenía la pistola en la mano y sus hombres acababan de atar sus muñecas hacia atrás con las sogas. No podía creer lo que estaba ocurriendo, ese no era el señor Chandler, él jamás habría actuado como villano.

—Llévese los libros, pero no me haga daño por favor, señor Chandler, mi padre lo apreciaba...—balbuceó aterrada de que fuera a matarla.

Él se acercó con rapidez sujetando el libro como si fuera su más preciado tesoro de un lado y la pistola del otro, hacia abajo sin dejar de mirarla.

—Sí, su padre era un buen hombre, señorita sólo que tenía una rara afición de coleccionar libros raros y no imaginaba que ese libro en particular era muy valioso para nosotros.

¿Para vosotros? ¿Por qué? ¿Por qué ese libro es tan valioso, señor Chandler?

Él le mostró el libro con cierto orgullo.

—Todo está aquí para quienes saben entender, este libro es mucho más que un ejemplar raro, señorita. Tenía los otros, pero me faltaba este, la llave maestra. Es un libro independiente de la saga anterior

Art Diaboli, tengo los cinco libros, pero me faltaba el de Pergot para entender los anteriores. La saga está incompleta sin ese libro por eso es tan valioso. Ahora los llevaré conmigo y usted me acompañará pues le prometí a su madre que la rescataría de ese perverso marqués.

—No deseo ir con usted señor Chandler, no puede obligarme a regresar—protestó Evie.

—Usted es mi prometida señorita Gaveston, dio su palabra de que se convertiría en mi esposa. ¿Cree que permitiré que se case con ese marqués?

—No regresaré con usted, señor Chandler—replicó Evie con firmeza.

—Pues temo que deberá hacerlo, prometí a su madre que la rescataría y soy un hombre de honor. Ese francés se la llevó a la fuerza, todos lo vieron y usted lo defiende. Imagino que ha de estar confundida, no se preocupe, ya se le pasará.

Evie se resistió, pero fue inútil, estaba rodeada y no podría escapar. Fontaine no estaba y todos los criados parecían aterrados, ninguno osó resistirse mientras Chandler se marchaba con el libro con mucha prisa y se la llevaba escoltada por sus hombres que ahora dudaba que fueran abogados como pretendieron ser al llegar a Chateaubriand.

—¡No, déjame, no iré con usted, señor Chandler! —protestó Evie, pero de pronto Chandler exasperado se acercó y la miró furioso.

—Mejor será que guarde silencio señorita Gaveston o deberé cubriros con la mordaza, no deseo hacerlo. No me obliguéis a usar la fuerza, Evie—le advirtió.

Pero ella no iba a rendirse, era la prometida de Fontaine y no deseaba regresar a Devon, no, no quería regresar a su casa, su vida no tendría sentido sin el marqués, estaba enamorada y ahora comprendía que no podría ser la esposa de otro hombre.

—¿Dónde está Fontaine? ¿Qué habéis hecho con él? —protestó y miró a su alrededor desesperada.

Chandler se detuvo para responderle.

—Bueno, debo deciros que vuestro amado marqués no volverá a raptar a ninguna otra damisela inglesa. Dudo mucho que pudiera escapar ileso del duelo que yo mismo le preparé.

No, no podía ser verdad, Fontaine no podía estar muerto, mentía, mentía para vengarse porque estaba resentido con su abandono.

—Está mintiendo, el marqués no está muerto—protestó furiosa.

Pero no pudo impedir que la llevaran por las escaleras rumbo a la puerta principal, atada y a los empujones, realmente nunca la habían tratado así en su vida. Chandler era un demonio, no podía creerlo, pero era verdad y de pronto, cuando llegaban al piso inferior le dijo sin reparos: —Si intenta algo señorita Gaveston me obligará a hacer algo que no quiero hacer, así que quédese quieta y no grite. Compórtese.

Evie no replicó, pero no se rendiría, buscaría la forma de escapar, lo haría... Miró desesperada a su alrededor cuando llegaron a los jardines, notó que caía la tarde y el sol iba perdiéndose en el horizonte, tiritó de frío al sentir una ráfaga helada envolverle. Todo estaba muy quieto y silencioso y no vio a ninguno de los criados.

—Rápido, buscad el carruaje, yo cuidaré a la señorita Gaveston—dijo Chandler.

Tenían prisa por escapar y ella odiaba quedarse a solas con su prometido, era un hombre malvado y cruel, un completo desconocido para ella y todo ese tiempo la había embaucado. Sólo quería apoderarse del libro y ahora la obligaría a regresar y estaba segura que su madre la obligaría a casarse con él para evitar el escándalo que supuso su anterior fuga.

—No temas preciosa, muy pronto todo volverá a la normalidad. Ese francés malnacido os embaucó y confundió, pero todo cambiará cuando os convirtáis mi esposa. Di mi palabra a vuestra madre, le prometí que os rescataría de ese demonio y lo hice, y vos seréis una esposa obediente y abnegada y olvidaremos este pequeño incidente.

Maldito Chandler, ¿acaso esperaba que todo fuera como antes? ¿Como si nada hubiera pasado? La llevaba atada como una prisionera, amarrada con esas horribles cuerdas y amenazando su vida si intentaba escapar.

Iba a replicar, a decirle un par de verdades cuando escuchó el sonido de los caballos a la distancia. Pero no era el carruaje que esperaba Chandler, era un grupo de jinetes que avanzaban por el empinado sendero de grava y algo alertó a su antiguo prometido.

Evie retrocedió asustada sin saber qué pasaba cuando escuchó una voz familiar decirle a Chandler: —¿Y a dónde crees que vas con mi prometida maldito inglés cobarde? ¿Creísteis que ese malandrín miserable sería adversario para mí?

Evie se emocionó al ver al marqués saltando de su caballo, dispuesto a ajustar cuentas con Chandler. Estaba furioso, pero no sabía que su prometido tenía un arma.

—Maurice, por favor, Chandler tiene una pistola—le gritó.

Fontaine la miró y de pronto vio que Chandler se levantaba del piso y le apuntaba con un arma a la cabeza. Evie se acercó y desesperada se interpuso, no, no permitiría que matara a su amor, antes prefería morir a vivir sin el hombre que amaba. Estaba vivo, había regresado a rescatarla, no podía morir así.

—¡Apártate Evelyn, apártate ahora! Maldito francés cobarde, ¿acaso una dama debe defenderos? —chilló Chandler fuera de sí.

—Sois un cobarde, yo también tengo un arma, pero seguramente no querréis batiros a duelo puesto que huisteis del anterior. Ahora habéis invadido mi propiedad y os robasteis mis libros y a mí prometida. Creo que os espera un largo tiempo en prisión, Chandler—. Dijo el marqués al tiempo que un grupo de oficiales llegaban en sus caballos.

Todo ocurrió muy rápido y no tardaron en rodearlos más de siete hombres uniformados.

Evie fue liberada y corrió a su lado temblando.

Raymond Chandler estaba asediado, no podría escapar y sin embargo dijo con orgullo que él era un caballero inglés y jamás iría a prisión mientras lo apresaban. Entonces cayó al piso el libro Le diable de Pergot y el marqués de Fontaine lo tomó y su mirada se cruzó con la de Evie.

—¿Estáis bien, Evie? —preguntó.

Ella asintió.

—Dijo que os había matado y tuve tanto miedo—balbuceó al borde de las lágrimas.

Él la estrechó con fuerza.

—Fue una maldita trampa, todo lo fue, desde el principio, planeo esto con mucho cuidado. Vino aquí a llevarte, pensó que te había raptado y además al parecer quería el libro, no me sorprende, sospecho que son parte de esa secta secreta que adora al diablo. Pues ahora será él quien vaya a prisión. No podrá escapar.

—Ese libro Fontaine, ¿por qué estaba tan obsesionado por tenerlo?

—Bueno, hay una secta que adora al diablo y cree que con este libro puede invocarlo y pedirle cosas, aquí lo dice con claridad. Mirad.

Evie tomó el libro y contempló las imágenes y frases en latín.

—Son una secta muy poderosa y sé que hay fieles aquí en Francia y también un grupo importante en Londres. Durante años han buscado el último ejemplar que queda y por una razón llegaron a vuestro padre y luego a ti...

—Oh Maurice, por favor deshazte de ese maldito libro—dijo Evie desesperada.

Él la tomó entre sus brazos y la besó.

—Lo haré preciosa, te lo prometo. Sé que fui muy descuidado al conservar estos manuscritos y mi labor no era guardarlos para mí sino mantenerlos escondidos de esa peligrosa secta que os mencioné. Ahora haré que Chandler y sus amigos confiesen.

Evie lloró emocionada, no pudo evitarlo.

—Estáis temblando preciosa, tranquila, todo pasó, nunca más volverá a molestaros ese infeliz, nunca más...

—Tuve tanto miedo, pensé que os había matado. Yo os amo Fontaine, os amé desde el primer día que os vi y si algo te pasaba mi vida ya no habría tenido sentido.

Sus palabras le provocaron una emoción intensa, sus ojos brillaron de repente.

—Preciosa, y yo te amé mucho antes.... Creo que llevo toda una vida buscándote... nada nos separará jamás, nada, te lo prometo. Estabas destinada a ser mía y creo que lo supe el mismo instante que os conocí—dijo y le dio un beso ardiente y apasionado, un beso que la dejó temblando de emoción y deseo.

Preciado capricho del corazón

Evie se emocionó cuando un sacerdote los declaró marido y mujer y recibió en su mano el anillo de las marquesas de Fontaine, el anillo que la convertía en la esposa del único hombre que amaría en su vida.

Todos observaron ese momento, expectantes, tal vez disgustados porque el marqués no se casaba con una dama noble y francesa, pero Evelyn los ignoró, estaba tan feliz que nada más le importaba. El día más feliz de su vida como una vez soñó, entrando a la iglesia con un largo vestido blanco del brazo de su padre rumbo al altar donde la esperaría el hombre que amaba. Ahora comprendía que jamás habría podido casarse con Chandler y que de no haberla raptado el marqués habría escapado. Era un sueño hecho realidad, era como vivir en un cuento de hadas...

—Preciosa, me habéis hecho el hombre más feliz—dijo él tomando sus manos y besándolas con suavidad.

Evie sonrió y tomó su mano posando luego para un fotógrafo que los retrató en pose solemne, del brazo de Fontaine y con las flores de azahar y el largo velo cubriendo su cabello rubio estirado en un moño.

Y esa noche cuando las doncellas la escoltaron a la habitación nupcial observó las alfombras rojas, los tapices y cuadros medievales y se ruborizó al ver la inmensa cama con dosel aguardando para los recién casados. Pestañeó inquieta mientras Marie la ayudaba a quitarse el velo y soltar su cabello. Se miró en el espejo y sonrió al ver a Fontaine parado en la puerta observándola a la distancia.

Al verle su doncella se marchó tras hacer una reverencia.

Evie sonrió con timidez al sentir su mirada.

—Estáis muy hermosa, Evelyn—murmuró él y se acercó despacio para tomar su mano y besarla con suavidad. Sus manos recorrieron su cabello y su rostro.

—Os hice una promesa Evie... no la he olvidado—le dijo al oído.

Ella se acercó y abrió sus labios para protestar y al ver ese gesto Fontaine la tomó entre sus brazos y la besó. Un beso ardiente mientras la rodeaba con sus brazos y apretaba con suavidad.

No esperaba que ella extendiera sus brazos y respondiera a sus besos con una mezcla de timidez y decisión encendiendo su deseo hasta casi no poder detenerse.

—Evie... sois tan hermosa —dijo cuando la envolvió entre sus brazos y la desnudó lentamente, sin dejar de llenarla de besos y caricias.

Excitada y mareada por sus besos su vestido se deslizó sobre la alfombra y con él su timidez.

Él se desnudó de prisa y se acercó despacio y la abrazó con fuerza y besó sus labios.

—Estáis asustada—le susurró al oído y sonrió.

Ella asintió, pero no era del todo cierto, más que asustada estaba desconcertada.

—Puedo esperar si quieres... tal vez nadie os habló de la noche de bodas y ahora tenéis miedo—dijo él.

Estaban muy cerca el uno del otro, tanto que podía oír su corazón palpitar.

Pero Evie lo besó y le dijo.

—Es verdad, pero quiero ser vuestra esposa y que nunca más busquéis calor en otro lecho, Fontaine.

Él sonrió y atrapó su boca en un beso ardiente tan dulce mientras sus manos atrapaban sus pechos llenos.

—Nunca lo haría, sois la única para mí—le respondió él—Sois tan hermosa Evie, tan dulce que temo perder el control esta noche, temo hacerlo. Pero me detendré al instante si me lo pides. Lo haré...—dijo él mirándola con intensidad.

Evie se puso seria.

—Si os vais ahora, lloraré Fontaine—le respondió ella agitada. Estaba temblando de miedo y deseo, era algo difícil de explicar, pero sabía que si él la dejaba esa noche rompería su corazón.

Él sostuvo sus caderas mientras caía sobre ella con el peso de su cuerpo.

—No me iré preciosa, no lo haré, me muero por hacerte el amor esta noche—dijo y la atrajo hacia él y rodaron por la cama sin dejar de besarse.

Hasta que ya no pudo contenerse más y la atrapó mientras le advertía que iba a dolerle un poco al comienzo. Evie se quedó inmóvil sintiendo cómo entraba en su vientre y gimió mientras lo veía hundirse por completo en ella tal cual largo era. Sabía que algo así pasaría, lo había visto en los animales del campo, pero en esos momentos pensó que le gustaba, que era muy raro y sin embargo era placentero y doloroso a la vez.

—¿Estáis bien? —le preguntó él.

Evie asintió excitada y mareada por sensaciones desconocidas, sintiendo que la rozaba despacio y estaban tan unidos...en esos momentos eran uno solo y se emocionó, jamás imaginó que sería así, que estarían fundidos en un abrazo apretado.

—Os amo Evie, os amo tanto preciosa, mi ángel, ¿creísteis que dejaría ir con es inglés? Jamás os dejaría ir preciosa, jamás—le susurró al oído y se miraron a los ojos.

—Y yo os amo Fontaine—le respondió Evie temblando de emoción, sabía que ese momento quedaría plasmado en su alma para siempre.

Estaban unidos, eran uno solo y sensaciones intensas la embargaban. Rodaron por la cama y se quedaron quietos, fundidos en un abrazo celebrando la dicha de estar juntos, de ese nuevo comienzo después de tanta angustia y dolor.

—*J't'aime Evie, je t'aime*—dijo él.

Y ella olvidó por completo sus reservas y se convirtió en su amor, en su amante, en su mujer esa noche y deseó tanto darle un hijo cuando sintió que la inundaba con su simiente por tercera vez. Tuvo la sensación de que pasarían toda la noche haciendo el amor y se durmió entre sus brazos poco después. Su más preciado sueño de amor, ese que en el pasado le pareció inalcanzable se había hecho realidad.

www.ingramcontent.com/pod-product-compliance
Lightning Source LLC
Chambersburg PA
CBHW031044160726
47991CB00005B/2012